*M. E. Kerr* lebt das ganze Jahr in den Hamptons, USA, wo dieser Roman auch spielt. Sie ist ein begeisterter Rock-'n'-Roll-Fan. 1993 wurde sie für ihr Lebenswerk mit dem Margaret A. Edwards Award ausgezeichnet.

*Sommergefühle.* Lang Penner ist sich definitiv sicher, dass er schwul ist. Außer seiner Mutter hat er es noch niemandem erzählt, denn er fürchtet die Anfeindungen der Öffentlichkeit. Aber mit seinem Freund Alex ist er glücklich.
Im Sommer nimmt seine Mutter eine Stelle beim Ex-Rockstar Ben Nevada an, und der überredet Lang, sich um Huguette zu kümmern. Huguette ist ganz anders als alle Mädchen, die Lang bisher kennen gelernt hat: Sie kommt aus Frankreich und soll bei Ben Nevada den Weinbauern vergessen, in den sie verliebt ist. Sie ist witzig und undurchschaubar. Und auf einmal ist Lang ganz schön verwirrt: Hat er sich etwa in ein Mädchen verknallt? Jedenfalls erzählt er Alex lieber nichts davon, wie oft er sich mit Huguette trifft und wie sehr er die Zeit mit ihr genießt …

»Eine herrliche Beschreibung der Liebe und ihrer Irrungen und Wirrungen.« Stuttgarter Nachrichten

*Unsere Adresse im Internet: www.fischer-tb. de*

M. E. Kerr

# Sommergefühle

Aus dem Amerikanischen
von Uta Szyszkowitz

Fischer Taschenbuch Verlag

generation
Herausgegeben von Eva Kutter

Veröffentlicht im Fischer Taschenbuch Verlag,
ein Unternehmen der S. Fischer Verlag GmbH,
Frankfurt am Main, Mai 2002

Lizenzausgabe mit freundlicher Genehmigung
des Verlag Carl Ueberreuter, Wien
Die amerikanische Originalausgabe erschien
1997 unter dem Titel »›Hello‹, I lied« bei
HarperCollins Publishers, Inc., New York

Satz: Pinkuin Satz und Datentechnik, Berlin
Druck und Bindung: Clausen & Bosse, Leck
Printed in Germany
ISBN 3-596-80347-0

*Nach den Regeln der neuen Rechtschreibung*

*Für Bill Morris,*
*meinen fröhlichen Weggenossen,*
*der von Anfang an dabei war.*
*In Liebe und Dankbarkeit*

# Eins

Einige Leute sagten, ich würde ihn nie zu sehen bekommen. Nur wenige waren ihm in den letzten zehn Jahren begegnet. Seitdem er aufgehört hatte zu spielen, zu schreiben und aufzutreten. Und sich mit zweiunddreißig zurückgezogen hatte. Nicht weil er ausgebrannt war wie andere Rocker. Er hatte einfach nur Schluss gemacht.

Ben Nevada war ein Star wie Elvis, John Lennon, Bob Dylan oder Mick Jagger. Auch wenn er nicht mehr da wäre, würden sein Name, sein Ruhm bleiben. Er hat es selbst in seinem Song *Flame* gesagt.

*Let the flame go,*
*Let the game go,*
*But the flame glows,*
*And the fire grows*
*I'm a fire!*

•••

Wir kamen am Memorial Day nach Roundelay. Von unserer Wohnung konnte man nicht einmal sein Haus sehen, obwohl wir dieselbe Adresse hatten.

Wir wohnten im Verwalterhäuschen. Es stand unten an der Straße neben dem Tor, wo die fünf Rottweiler Zähne fletschend am Zaun hochsprangen. Sie trugen rote Halsbänder mit silbernen Ziernägeln.

Er hatte ihnen nie Namen gegeben. Nach seiner Theorie brauchte man etwas nur zu benennen, um es lieb zu gewinnen. Sobald man aber einen Hund lieb gewonnen hat, will man ihn mit ins Haus nehmen. Er wollte sie aber nicht drinnen haben. Er hatte schon drei Haushunde, drei Chow-Chows.

Die Rottweiler waren keine Schoßhündchen. Sie waren Wachhunde. Er nannte sie A, B, C, D, E. Er fütterte sie selber. Er kam in seinem schwarzen Range Rover runter und warf ihnen Rindfleischbrocken in die Futternäpfe. »Fressen!«, fauchte er sie an. Sie sollten wissen, wer ihr Herr war. Er kraulte sie nie hinter den Ohren, streichelte sie nie und ging nie mit ihnen spazieren. Er sah ihnen nur beim Fressen zu.

Er wusste, dass A der dicke war und C immer wartete, bis die anderen gefressen hatten. Er kannte ihre Eigenheiten. Aber seine Zuneigung bewahrte er sich für die Chow-Chows auf.

All das erzählte mir Franklin, der Hausbesorger.

»Wenn du siehst, dass er die Hunde füttert, dann verschwinde. Du bist wahrscheinlich sowieso nicht so früh auf, aber wenn, dann mach dich aus dem Staub!«

Natürlich sah ich ihn dauernd auf Video.

Ich werde niemals das erste Mal vergessen.

Erinnert ihr euch an *Night in the Sun*? Wisst ihr noch, wie er auftrat?

Er kam in schwarzen, hüfthohen Lederstiefeln, roten, seidenen Jockeyshorts und einem langen, schwarzen Ledermantel auf die Bühne. Von einer goldenen Kette baumelte ein großer goldener Stern. Rückendeckung bekam er von seiner Teufelsband: Bobby Dale an der Gitarre, die Matero-Zwillinge an den Keyboards. Ich weiß nicht mehr, wer am Bass war, aber Twist saß am Schlagzeug.

Der Song dauerte fünf Minuten und endete damit, dass er in die Knie ging und sich nach hinten bog, bis er den Boden berührte, während die Bühne dunkel wurde und nur noch ein Scheinwerfer von oben auf ihn gerichtet war.

Ich hatte so etwas noch nie gesehen.

Auch wenn ich kein Rockfan gewesen wäre, diese Performance wäre mir in Erinnerung geblieben. Man braucht nichts über Rockmusik zu wissen, um von ihr gepackt zu werden. Man muss nur Augen haben und Ohren und eine gewisse Verbindung zum Menschengeschlecht. Wenn man nie ein Herz gehabt hat, dann hatte man plötzlich eines, wenn man dieser heiseren Stimme zuhörte, wie sie die Worte herauspresste.

Man fragte sich, wie er das zusammenbrachte – so viele Gefühle aufzurütteln, die tief in einem vergraben waren, ohne dass man es wusste. Ob er wusste, was er anrichtete? Wollte er das oder war es ihm egal? Wollte er einen packen oder nur selber was loswerden, irgendwelche wilden Gefühle, die er nicht zurückhalten konnte, auch wenn er gewollt hätte?

Das Publikum flippte aus.

Auch wenn es nur ein Video war, hatte man das Gefühl, dabei zu sein. Ich musste fast weinen. Und ich musste richtig lachen. Unglaublich. Zum ersten Mal verstand ich die Anziehungskraft von einem Jesus oder einem Hitler. Zum ersten Mal begriff ich, was Leute zum Kreischen bringt, wenn ein Magic Johnson aufs Basketballfeld läuft oder eine Martina den Tennisball übers Netz knallt. Jetzt konnte ich mir vorstellen, was sich in Groupies, Fans, Verehrern und Anhängern abspielt.

So erfuhr ich durch Ben Nevada zum ersten Mal, was Charisma ist.

Ihr könnt euch vorstellen, was ich empfand, als meine Mutter mir sagte, für wen sie in diesem Sommer arbeiten würde.

Ich war siebzehn und ging auf die achtzehn zu.

Sobald die Schule in New York dichtmachte, würde ich auch ganz dorthin ziehen.

Ich würde meiner Mutter helfen, Gelegenheitsarbeiten

übernehmen und fünfmal die Woche abends im *Sob Story* am Montauk Highway kellnern.

Anpacken, zupacken, auspacken, ich wollte alles auf einmal.

Das war das Problem in diesem Sommer.

Das Einzige, was ich sicher wusste, war, dass ich Lang Penner hieß.

## Zwei

»*Wie* heißt du? Lane?«

»Nein, Sir, Lang.«

»Was ist denn das für ein Name?«, fragte er barsch.

Er stand oben auf der Düne und sah drohend auf mich herunter.

»Lang ist der Mädchenname meiner Mutter.«

»Bist du Lucys Sohn?«

»Ja, Sir.«

»Weißt du nicht, dass du hier nicht sein darfst?«

»Ich darf nicht am Strand sein?«

»Das ist *mein* Strand!«

»Das habe ich nicht gewusst, Sir.«

»Ich seh dich jetzt schon zum zweiten Mal hier.«

»Ja, Sir. Als wir hier ankamen, bin ich gleich mit einem Freund hierher gegangen.«

»Geh da hin.« Er zeigte mit der Hand auf den Strand weiter unten. Zu seinen Füßen saßen zwei Chow-Chows.

»Na gut, jetzt bist du schon hier«, sagte er. »Hol mir den anderen Hund.« Damit warf er mir eine rote Hundeleine zu. »Die wirst du brauchen. Plato folgt nicht. Er weiß, dass wir jetzt zum Haus zurückgehen.«

Haus war gut gesagt. Es war ungefähr zweitausend Quadratmeter groß. An diesem Frühsommermorgen sah es wie ein Königsschloss aus, das langsam durch den Nebel hindurch sichtbar wurde.

Ich pfiff den Hund herbei, der im Sand saß und keuchte, während ihm seine schwarze Zunge aus dem Maul hing. Alex hatte einmal einen Chow-Chow gehabt. Sie seien die einzigen Hunde, die keine rosaroten Zungen hätten, hatte er behauptet.

»Nun komm schon!«, rief ich.

»Nein!«, fuhr Nevada mich an. »Du musst ihn an die Leine nehmen! Plato folgt nicht auf Befehl. Genauso wenig wie du.«

»Niemand hat mir einen Befehl gegeben«, murmelte ich.

Mit meinen zwei Taschenbüchern unterm Arm ging ich zu dem Hund, hakte die Leine an seinem Halsband fest und führte ihn zurück zu Nevada, der sich nicht von der Stelle gerührt hatte.

»Was soll das heißen, niemand hat dir einen Befehl gegeben?«, fragte er. »Es steht alles auf dem Papier, das deine Mutter von mir bekommen hat. Hast du es etwa nicht gelesen?«

»Ich hab's gelesen. Wahrscheinlich hab ich's nicht verstanden.«

»Nicht verstanden!«, sagte er spöttisch.

»Wirklich nicht«, protestierte ich.

»Ich bin nicht taub.«

Ich ging eine Zeit lang hinter ihm her. Er war ganz anders, als ich ihn mir vorgestellt hatte. Nämlich größer und Respekt einflößend. Durch sein dichtes schwarzes Haar zogen sich Silberfäden. Er trug Jeans mit Bügelfalten, ein schwarzes T-Shirt und schwarze Ledersandalen. Sein einziger Schmuck war eine große goldene Uhr mit schwarzem Zifferblatt. Ich rechnete schnell nach. Er musste zweiundvierzig sein, sah aber älter aus. Er war braun gebrannt und die Fältchen um seine Augen deuteten darauf hin, dass er viel Zeit im Freien verbrachte.

Er drehte sich um und wartete auf mich.

Plato zerrte wie wild an der Leine, während die anderen beiden Chow-Chows brav neben ihm her trotteten, stehen blieben, wenn er stehen blieb, zu ihm aufschauten und warteten, bis er weiterging.

»Was machst du um sieben Uhr morgens am Strand?«, fragte er.

»Bewegung. Lesen.« Ich war auch in New York immer früh auf, sobald die Müllmänner vor unseren Fenstern zu lärmen anfingen.

»Was liest du?«, fragte er.

»Zwei Romane.«

»Was für welche?«

»Einer ist von Edmund White«, sagte ich. »Der andere ist von Truman Capote.« Ich hätte lieber etwas Handfesteres gelesen: einen Elmore Leonard oder einen Stephen King. Aber ich versuchte das zu lesen, was Alex schätzte. Er war ein begeisterter Leser und ich wollte es ihm gleichtun.

»Capote?«, fragte Nevada.

»Ja.«

»Ein Schwuler.«

»Ja.«

Ich erwartete einen Ausbruch, einen Witz, irgendwas.

»Wie Elton John«, sagte er.

»Ja.«

»Der hat einen Song geschrieben, den ich gerne geschrieben hätte. *Yellow Brick Road.* Kennst du den?«

»Ja, Sir.«

»Sag nicht immer ›Ja, Sir‹. Du kannst ›Ja, Mr Nevada‹ sagen.«

»Gut ... Mr Nevada.«

Während wir gingen, begann sich der Nebel zu heben und mehr von Roundelay freizugeben.

Ich fragte ihn, warum er sein Haus Roundelay genannt habe.

»Weißt du nicht, was das ist?«

»Nicht so richtig.«

»Ein einfaches Lied mit einem Refrain am Schluss.«

»Meine Mutter meinte, es sei ein Tanz.«

»Das auch«, sagte er.

Die beiden braven Chow-Chows trabten neben uns her, während Plato immer noch an der Leine zerrte.

»Wenn du dich selbst mit einem einzigen Eigenschaftswort beschreiben müsstest, welches Wort würde das sein?«, fragte Nevada.

»Was?« Ich hatte ihn genau gehört, aber seine Frage kam so überraschend, dass ich ganz verdattert war.

Er wiederholte die Frage und sah mit gerunzelter Stirn aus dunkelblauen Augen auf mich runter.

Ich dachte an Alex. Ich erinnerte mich, wie er manchmal morgens nach Patschuli roch. Und ich hörte, wie Brittany sich beklagte: »Vom Küssen verstehst du wirklich nichts.«

»Hin- und hergerissen«, sagte ich.

»*Hin- und hergerissen?*«, rief er erstaunt.

»Manchmal.«

»Hin- und hergerissen zwischen was?«

»Zwischen konform und nicht konform.«

Warum entblößte ich mein Innerstes ausgerechnet vor ihm?

»Mein Vater pflegte zu sagen: ›Mach, was man von dir erwartet! Und dann freu dich, wenn es dir auch noch Spaß macht.‹«

»Uh-uh-uh.«

»Sie haben uns versaut!«

»*Was?*« Ich war nicht sicher, dass ich richtig gehört hatte.

»Unsere Eltern«, sagte er. »Das ist aus einem Gedicht von Philip Larkin.«

Er blieb abrupt stehen, warf den Kopf zurück und sagte das Gedicht auf.

Es war ein Angriff auf die Familie.

Später erfuhr ich, dass er leidenschaftlich gerne Shakespeare, die Bibel, Yeats, Auden zitierte – lauter Schriftsteller, die man ihm gar nicht zugetraut hätte.

Später hörte ich auch, dass es ihm Leid tat, nie aufs College gegangen zu sein und nie eine angemessene Ausbildung bekommen zu haben.

Das war seine Achillesferse.

Aber an jenem schwülen Junimorgen, als die Sonne schon so heiß war, dass sie uns beide zum Schwitzen brachte, versuchte ich bloß diesen Mann mit dem Kerl im schwarzen Ledermantel in Einklang zu bringen, der sich auf den Knien liegend so weit zurückbog, dass man sich fragte, wie ein Mensch seinen Körper so durchbiegen konnte, das Becken himmelwärts, während die Trommeln und der Bass immer wieder dieselbe Sequenz spielten und das Publikum fast den Verstand verlor.

»Das Gedicht heißt *This Be the Verse*«, sagte er.

Ich erinnerte mich vage daran, dass er Krach mit seinem Vater gehabt hatte und das Thema immer wieder in seiner Musik auftauchte. Über seinen alten Herrn, der ihn nicht loslassen wollte und ständig versuchte ihn zu unterdrücken.

Wir gingen schweigend mit den Chow-Chows weiter, bis Roundelay in seiner ganzen Pracht vor uns lag.

Der Weg teilte sich.

Er blieb gerade lang genug stehen, um mir Platos Leine abzunehmen.

»Ich möchte dich nicht wieder auf meinem Strand sehen, Lane«, sagte er.

»Lang, Mr Nevada.«

Er salutierte andeutungsweise mit zwei Fingern, aber ohne zu lächeln.

Dann ging er weiter auf Roundelay zu, während ich den anderen Weg einschlug.

# Drei

»Wie läuft es in Manderley?«, fragte Alex. So nannte er Roundelay. Manderley war der Name des Hauses in *Rebecca,* einem alten Film, den wir beide mochten und in dem Judith Anderson die böse Mrs Davers spielte.

Letzte Nacht träumte ich, dass ich wieder nach Manderley kam – das war der erste Satz.

Ich erzählte ihm, dass ich Ben Nevada getroffen und er mich gefragt hatte, wie ich mich mit einem einzigen Eigenschaftswort beschreiben würde.

Ich sagte Alex nicht, dass ich »hin- und hergerissen« geantwortet hatte. Ich sagte, ich hätte »zufrieden« geantwortet.

»Wie würdest du dich mit einem Wort beschreiben?«, fragte ich ihn.

»Neidisch.«

Ich lachte. »Ich werde ihn wahrscheinlich nie wieder sehen.«

»Wenn doch, dann frag ihn, warum Cali am Ende von jedem Song immer ›Pain over‹ sagte.«

»*Ihren* Namen werde ich bestimmt nicht erwähnen!«

»Es ist Jahre her, dass sie gestorben ist.«

»Genau vierzehn Jahre«, sagte ich.

Gleich nach der Begegnung mit Nevada ging ich zur Bibliothek hinunter, setzte mich vor den Computer und surfte durch alte Zeitungsberichte. Einen davon druckte ich aus.

EX-ROCKSÄNGERIN BEI FLUGZEUGABSTURZ
UMS LEBEN GEKOMMEN:
CALI COSS, 26

> Cali Coss ist unter den Toten der gestern abgestürzten Boeing 707, zusammen mit ihrem Mann Leonard Haun. Die Sängerin, die als Mitglied von Ben Nevadas Band schlagartig berühmt geworden war, brachte sich durch Drogenmissbrauch an den Rand des Ruins und konnte sich erst in der zweijährigen Ehe mit Haun, einem Versicherungsangestellten, von der Sucht befreien und ihre Gesundheit wiedererlangen.

Der Artikel berichtete über ihre Kindheit in einer armen Familie in Kentucky und über die Songs, die angeblich von ihr inspiriert und von Nevada komponiert worden waren.

Es gab auch ein Foto von ihr, eine schlechte Aufnahme von einem ihrer Auftritte bei einem Konzert in Japan.

Ich hatte sie nie singen gehört, aber mir war bekannt, dass Nevada seinen berühmten Song *Heart in My Mouth* für sie geschrieben hatte.

»Sie ist der Grund, warum er nicht mehr auftritt«, sagte Alex.

»Sie hatte ihn schon verlassen. Und er gab immer noch Konzerte, nachdem sie ihn verlassen hatte.«

»Aber er ist nie darüber hinweggekommen«, sagte Alex. »Hast du nie *You Took Me With You* gehört oder *Tell Me Where You Are So I Know Where I Am?*«

Ich war nicht so am Promi-Tratsch interessiert wie Alex.

Dann machte er mich darauf aufmerksam, dass der Anruf ihn viel Geld kostete, worauf wir zu unserer Wochenendplanung übergingen.

»Du kommst her, okay?«, sagte er. »Am Sonntagabend

haben wir eine Benefizvorstellung. Wenn du am Samstag im *Sob Story* fertig bist, kommst du per Anhalter her. Dann haben wir bis Sonntagnachmittag Zeit.«

Alex spielte den Fortinbras in *Hamlet.*

Er spielte aber nicht nur Fortinbras. Er trat außerdem in einer Szene als Soldat und in einer anderen als Bote auf. Es war seine allererste Sprechrolle am Broadway. Und das in einem Shakespeare. Sonst, wenn er Shakespeare spielte, war er nicht viel mehr als ein Speerträger.

Wir machten aus, dass ich eine Pizza besorgen würde und wir uns nach der Vorstellung in seiner Wohnung treffen würden.

Ich ging nie zu ihm hinter die Bühne. Zwar wussten alle über Alex Bescheid, aber nicht über mich. Und ich hatte nicht das Gefühl, dass es gut für ihn war, wenn ich im Theater aufkreuzte.

Einmal hatte er in einer sommerlichen Amateuraufführung den Liebhaber in *Picknick* gespielt. Seine Partnerin gab ihm die Schuld an einer schlechten Kritik, die sie bekommen hatte. Ein Kleinstadtkritiker hatte geschrieben, sie sei »hölzern«. Worauf sie entgegnete, sie könne keine Gefühle hervorzaubern, wenn sie mit einem Mann spiele, der lieber mit Männern als mit Frauen zu tun hätte.

Alex hatte darüber gelacht und gesagt: »Wenn die Dame nicht tanzen kann, sagt sie, die Musiker könnten nicht spielen.«

Aber ich konnte nicht vergessen, dass er es mir erzählt hatte. Daher wollte ich nicht hinter der Bühne herumhängen und mich anstarren lassen.

Nachdem ich aufgelegt hatte, ging ich in die Küche, wo meine Mutter für Nevada und seine Gäste Hähnchen fürs Abendessen briet.

Nevada konnte es nicht ertragen, wenn es in Roundelay nach Küche roch. Daher bereitete meine Mutter fast alle Gerichte in unserem Haus zu. Dann kam Franklin in seinem Range Rover runter und brachte alles hinauf.

Meiner Mutter war das recht. Sie sagte, in Roundelay liefe die Musik auf Hochtouren, er habe in dem riesigen Haus in jedem Raum Boxen und bestehe darauf, dass alle eingeschaltet seien. Wenn er keine Musik spielte, ließ er seine französischen Sprachkassetten laufen. Er wollte nämlich Französisch lernen, weil er noch in diesem Monat einen Besuch erwartete.

»*Bonjour, Madame*«, sagte ich. »*Comment allez-vous?*«

»Hör auf«, sagte sie. »Ich hör genug davon da oben.«

»Alex lässt dich grüßen.«

»Der arme Alex, den ganzen Sommer in dieser heißen Stadt!«

»Alex liebt New York, Mom.«

»Hat er eine Klimaanlage?«

»In der Bruchbude auf der Avenue A? Da würden ja alle Sicherungen durchbrennen.«

Ich setzte mich hin und sah ihr zu. Sie konnte ein viergängiges Menü für zwölf Personen kochen und dabei so gelassen und gepflegt aussehen wie eine Bridgespielerin nach der ersten Runde. Nicht mal auf der Schürze war ein Fleck.

Wir hatten beide blonde Haare und grüne Augen, aber ich sei so groß wie mein Vater, sagte sie, und sie hoffte, dass das alles sei, was ich von ihm geerbt habe. Alle Informationen, die ihn betrafen, waren aus zweiter Hand. Er hatte sich aus dem Staub gemacht, bevor ich die ersten Schritte hatte machen können. Auf dem einzigen Foto, das ich von ihm besaß, stand er vor einer Spielhölle in Las Vegas. Meine Mutter sagte, der Schnappschuss sei in einem der seltenen Augenblicke gemacht worden, wo er nicht in einem Kasino war. Er war ein Spieler – ein grinsender, schlaksiger Bursche. Auf dem Foto trug er ein schwarzes Hemd mit offenem Kragen, eine weiße Hose und einen Gürtel mit einer dicken silbernen Schnalle.

Meine Mutter war in Atlantic City geboren, und als die Kartenspieler und die einarmigen Banditen an die Macht kamen, bekam sie einen Job im *Golden Nugget.* Dort lief sie ihm über den Weg, verliebte sich und heiratete ihn.

Als wir das letzte Mal von ihm hörten, arbeitete er als Croupier auf einem Schiff, das hauptsächlich Kreuzfahrten in die Karibik machte.

»Ich hab über das Wortspiel nachgedacht, das du mit Mr Nevada gespielt hast«, sagte sie.

»Er mit mir. Er hat nicht gesagt, welches Wort auf ihn passt.«

»Ich bin froh, dass du *hin- und hergerissen* gesagt hast, Lang.«

»Es geht nicht darum, ob ich schwul bin oder nicht, Mom. Sondern darum, ob ich damit rauskommen soll oder nicht. Manchmal kommt mir mein Leben so verlogen vor. Dann wieder denke ich: nur den Mund halten.«

»Ich bin froh, dass du es mir gesagt hast, aber ich weiß wirklich nicht, wieso das andere Leute was angeht ... Ich finde außerdem, dass du zu jung bist, um zu wissen, ob du wirklich schwul bist.«

»Wie alt warst denn du, als du wusstest, dass du hetero bist?«

Sie seufzte und sagte: »Gut, gut. Ich habe jetzt keine Zeit für einen deiner Vorträge über das Selbstbewusstsein von Homosexuellen, Schatz. Ich muss jetzt das Hähnchen fertig machen. Kannst du mir mal helfen?«

Während wir alles auf ein Tablett luden, fragte ich: »Mit welchem Eigenschaftswort würdest du dich charakterisieren?«

Sie wählte dasselbe Wort, das ich nicht zu Nevada, aber zu Alex gesagt hatte: *zufrieden.*

»Mr Nevada zahlt mir mehr, als ich je bekommen habe. Für etwas, was ich gerne mache ... und du lebst auch noch umsonst hier. Da muss man doch zufrieden sein«, sagte sie.

»Und glücklich. Ist das dasselbe?«

»Ich würde sagen, es ist synonym.«

»Gut«, sagte sie. »Alles bestens.«

Ich sah aus dem Fenster auf die mit Löwenzahn übersäte Wiese. Franklin hatte uns gewarnt, dass es da manchmal Schlangen gäbe.

Als der Sommer zu Ende ging, dachte ich oft an diesen Augenblick zurück.

Die Blüten hatten sich in weiße, golfballgroße Samenbüschel verwandelt, die wie winzige Fallschirme durch die Luft segelten. Unter ihnen glitten unsichtbare Schlangen auf der Suche nach der wärmenden Sonne durchs Gras, bevor sie sich wieder in ihre Verstecke verkrochen.

Weißer Flaum schwebend über dunklen Geheimnissen.

Meine Mutter und ich, zufrieden, glücklich, nahmen nicht wahr, was im Verborgenen darauf lauerte, uns zu überraschen, wenn wir in seine Nähe kommen würden.

Und das würden wir.

# Vier

Alex war mein erster Freund. Ich hatte mir vorher nie Sorgen darüber gemacht, ob ich vielleicht wie ein Schwuler wirkte, obwohl ich als Kind gerne mit Puppen gespielt und beim Anblick einer Spinne gekreischt hatte. Darüber war ich längst hinaus und hatte jetzt einen männlichen, durchtrainierten Körper. Als Alex und ich zusammenkamen, gab es nur noch weniges an mir, was mich an früher erinnerte. Alex liebte so Zeug wie Ice Blue Shampoo aus dem Body Shop und Duftseifen von Gap. Ich mochte diese Dinge auch, aber kaufen und mit nach Hause nehmen wollte ich sie dann doch nicht. Das kam mir einfach zu tuntig vor.

Alex musste manchmal im Kino weinen, aber ich guckte woanders hin, wenn es traurig wurde, oder dachte an was anderes, weil ich eben nicht wie ein Schwuler wirken wollte.

Alex sah sich gerne Ballett an und ich an sich auch, aber ich hasste es, mit ihm hinzugehen. Wenn ich dort all die schwulen Pärchen sah, wäre ich am liebsten gestorben.

Alex kochte gern und zog auf seinem Fensterbrett Basilikum und Petersilie. Ich machte mich über ihn lustig. Jeder in der Straße würde jetzt wissen, dass da oben eine Schwuchtel wohnte, meinte ich.

So landeten wir letzten April im *Adieu, Adieu* in den East Sixties. Wir feierten Alex' erste Sprechrolle am Broadway.

Wir hatten gemeinsame Kasse gemacht um prassen zu können.

Alex meinte, es gäbe eine Menge toller Schwulenrestaurants, wo wir hingehen könnten, aber ich wollte nicht einmal beim Betreten eines solchen Lokals beobachtet werden. Daher überließ er mir die Wahl.

Ich hatte in der *New York Times* einen Artikel über ein französisches Lokal in einem dieser kleinen Häuser aus rötlichem Sandstein gelesen.

Alex' Vater war gelernter Koch. Nicht einfach Koch wie meine Mutter, sondern Chefkoch und Feinschmecker, und er hatte Alex beigebracht, was gutes Essen ist. Und dank Alex erfuhr ich, dass es jenseits von Steaks mit Kartoffelpüree, was mein Lieblingsessen als Kind war, noch eine ganze Welt zu entdecken gab.

Wir bestellten Escargots, wobei ich mich zwang zu vergessen, dass es Schnecken waren, und danach Wildschwein-Ragout.

Nachdem der Kellner unsere Bestellung entgegengenommen hatte, erzählte ich Alex, dass ich es meiner Mutter gesagt hatte.

»Na, wie hat sie reagiert?«

»Sie meinte, sie hätte darauf gewartet, dass ich endlich Interesse für Mädchen zeigen würde, und als ich das nicht tat, hätte sie sich gedacht, ich sei eben etwas langsam in meiner Entwicklung.«

»Wie früher die Polaroid-Fotos«, meinte Alex grinsend.

»Dann habe ich dich eines Tages mit nach Hause genommen.«

»Pfui, einen schwulen Schauspieler!«

»Sie mag dich.«

»Aber damit war's klar, oder?«

»Nein. Aber sie hatte noch nie erlebt, dass mir jemand so wichtig war wie du. Das merkte sie daran, wie ich mit dir umging. Ganz anders als zum Beispiel mit Brittany.«

»War sie böse?«

»Eher besorgt als böse. Sie sagte, es würde ein hartes Leben werden.«

»Wenn du Glück hast«, platzte Alex heraus.

»Sie fragte mich auch, wann ich mir zum ersten Mal darüber klar geworden sei.«

»Und wann war das?«

»Ich habe mal eine Show im Fernsehen gesehen, wo ein Vater seinem Sohn sagt, dass er homosexuell ist. Da wusste ich es.«

»Ich hab das auch gesehen. Aber ich wusste es schon vorher.«

»Ich bin vor dem Fernseher gesessen und habe gezittert wie Espenlaub.«

»Armer Junge. Vor Angst?«

»Vor Angst und vor Erleichterung. Ich war ja noch ein Kind. Bis dahin hatte ich nur gewusst, dass irgendwas mit mir nicht stimmte. Das hatte nichts mit Sex zu tun.«

Alex grinste. »Das kenne ich. Ich war immer oben in meinem Zimmer und habe allein nach *Hello, Dolly* getanzt. Die anderen Jungs waren alle im Baseballstadion.«

Als der Kellner uns unsere Whiskey Sour minus den Whiskey brachte, stießen wir an.

»Prost!«, sagte Alex.

»Cheers!«

Alex erzählte mir, wie er zum ersten Mal Wildschwein gegessen hatte. Sein Vater hatte es ihm auf einer Familienreise nach Frankreich vorgesetzt. Er war fünfzehn und er sagte, nach dieser Reise habe er sich in seiner Familie nicht mehr glücklich gefühlt. Während er im Hotel unter der Dusche stand, las sein Zwillingsbruder Peter einen angefangenen Brief, den er auf dem Tisch liegen gelassen hatte. In dem Brief erklärte er seinem Freund, wie sehr er ihn vermisste und dass er sich nichts so sehr wünschte, als mit ihm hier zu sein, weil Paris die Stadt der Liebenden sei.

Und da sein Bruder immer schon eifersüchtig auf ihn gewesen war, weil Alex schon als Kind im Theater und in der Werbung gearbeitet hatte, verpetzte er ihn bei der Mutter.

Als sie wieder in den Staaten waren, ging sie mit ihm zu einem Psychiater. Und sein Vater machte sich Vorwürfe, dass er so viele Tunten mit nach Hause gebracht hatte – denn viele der Kollegen seines Vaters waren heimliche Schwule.

»Sie hörten nicht auf sich selbst und einander zu beschuldigen und schließlich auch dem Psychiater Vorwürfe zu machen, weil der gemeint hatte, ich hätte anscheinend damit weniger Probleme als sie.«

»Und jetzt?«

»Du kennst sie ja. Sie haben sich damit abgefunden, aber sie sind nicht begeistert. Und Peter findet es widerlich. Er hat Angst, dass die Leute glauben, er ist einer von uns.«

»Dein Vater will sich meinen Namen nicht merken. Er nennt mich Lynn.«

Wir hatten nicht darauf geachtet, was um uns herum vorging. Wir wussten so wenig voneinander. Wir hatten uns eine Menge zu erzählen.

Alex fällt auf. Wohin wir auch gingen, überall sahen die Leute ihm nach. Er ist noch größer als ich und hat ein ausdrucksvolles Gesicht. Er sieht mindestens so gut aus wie Brad Pitt oder Jason Priestly.

Schließlich merkte ich, dass eine Frau an einem der Tische in der Mitte des Raumes uns beobachtete. Nicht nur beobachtete: Sie starrte uns an. Sie war mit einem dicken Wichtigtuer da, der ihr wahrscheinlich schon auf die Nerven ging, denn man sah von weitem, dass er betrunken war. Er redete ununterbrochen, während sie uns schweigend betrachtete ... vor allem Alex, würde ich sagen. Und ich dachte mir: Verzehr dich nur vor Sehnsucht! Denn ich mochte es, wenn die Menschen ihn bewunderten, und genoss es, dass er etwas Besonderes war ... und dass er mit mir zusammen war.

Vielleicht beobachtete der Kerl ihr gegenüber uns im Spiegel. Die Wände des Restaurants waren mit Spiegeln bedeckt. Vielleicht hatte sie ihm auch etwas zugeflüstert.

Jedenfalls bezahlte er die Rechnung, und als der Kellner

kassiert hatte, stand der Kerl auf, warf uns einen Blick zu und knurrte irgendetwas, das ich nicht verstand.

Alex' Gesicht wurde dunkelrot.

Die anderen Gäste drehten sich um und starrten uns an.

»Was hat er gesagt?«, fragte ich Alex.

»Ist doch egal. Wir lassen uns nicht den Abend verderben.«

»Aber was hat er gesagt, Alex?«

Der Kerl ging schwerfällig zur Tür. Der Kellner buckelte und bedankte sich und der Besitzer meinte lächelnd, er hoffe, ihn bald wieder zu sehen.

»Er hat gesagt«, stieß Alex hervor, »›eure Sorte hat in diesem Lokal nichts zu suchen.‹«

»Was?« Ich konnte es nicht fassen. »Was haben wir denn angestellt?«

Alex bemühte sich leise zu sprechen. »Wir sind die einzigen Burschen, die zu zweit hier sind. Samstagabend. Wir haben gelacht, mit den Gläsern angestoßen. Was weiß ich!«

»Er ist weg«, sagte ich. »Und du hast Recht. Von dem lassen wir uns nicht die Laune verderben.«

»Zahlen können wir mal auf alle Fälle«, sagte Alex.

Wir versuchten es zu verdrängen, aber ich war wie gelähmt. Wir unterhielten uns darüber, warum Alex so gerne Shakespeare spielte und woran es lag, dass ich seine Stücke eigentlich nicht mochte.

»Vielleicht bin ich zu ungebildet«, meinte ich.

»Du gibst ihm keine Chance«, sagte Alex. »Du würdest ihn lieben, wenn du dich mehr auf ihn einlassen würdest, Lang, ich weiß es.«

»Das kratzt mich alles nicht«, sagte ich. »Dabei würde ich gerne Schriftsteller werden, aber ich lese ja kaum was.«

»Aber du siehst dir gerne einen guten Film an.«

»Ich geh gern ins Kino«, sagte ich. »Warum sagst du, ich würde mir gerne ›einen guten Film‹ ansehen?«

»Warum nicht?«, fragte er achselzuckend.

»Es klingt so gestelzt.«

»Der Kerl hat dir die Laune verdorben, was?«

»So ein Blödsinn!«, sagte ich, aber er hatte Recht. Und er wusste es.

»Nimm es nicht so tragisch, Lang«, sagte er. »So etwas passiert immer wieder, in irgendeiner Weise, immer dann, wenn du es am wenigsten erwartest.«

»Okay.«

Er war nur drei Jahre älter als ich, aber manchmal hatte ich das Gefühl, als wären es zehn. Vielleicht, weil er kultivierter war und eine bessere Schulausbildung hatte. Er hatte nämlich eine höhere Schule besucht und er war mehr gereist als ich ... Und er hatte schon seine eigene Wohnung, auch wenn es nur ein Loch war. Vor allem fragte er sich nicht mehr dauernd, was er mit seinem Leben anfangen sollte.

Ich hätte gerne gewusst, ob der Dicke mit dem Kellner und dem Besitzer gesprochen hatte. Denn es war nicht zu übersehen, dass keiner sich bei uns bedankte oder lächelte, als wir das Lokal verließen.

»Wie eine kalte Dusche war das, nicht?«, fragte ich Alex, als wir zum Parkplatz gingen.

»Ein bisschen kühl, stimmt«, sagte er.

Es war der letzte Samstagabend, den wir zusammen verbrachten. Alex musste am nächsten Wochenende arbeiten.

Die Sterne funkelten am Himmel. Und die müde Luft roch nach Vorfrühling. Wir wollten uns in Alex' Wohnung einen alten Marlon-Brando-Film anschauen: *Die Faust im Nacken.*

Alex würde zum letzten Mal in dem netten kleinen Volkswagencabriolet seiner Mutter unterwegs sein. Sie fand es lästig, in einer Großstadt einen Wagen zu haben.

Als wir auf den Käfer zugingen, sagte ich: »Du, es ist warm genug für oben ohne.«

»Findest du?«, fragte Alex.

Ich erinnere mich an das Grinsen in seinem Gesicht, als er sich mir zuwandte. Er zwinkerte mir zu.

Dann sahen wir plötzlich den Dicken in einem schwarzen Chrysler auf uns zufahren. Er ließ das Fenster runter und schrie laut: »Schwule Schweine!«

Alex lachte und rief zurück: »Schwul sein heißt cool sein, gewöhn dich dran!«

Das war so ein Slogan, den die Leute bei den Schwulenmärschen sangen.

Das genügte. Der Kerl bremste, stieg aus und fragte Alex, ob er das noch einmal sagen wolle.

»Gehen wir«, sagte ich zu Alex und wir gingen.

Er folgte uns und Alex sagte: »Lang, pass auf, er könnte ...«

Er konnte.

Was immer er in der Hand hatte – eine Eisenkette oder eine dieser Eisenstangen, die das Lenkrad blockieren – es traf Alex' Kopf.

Alex schwankte und der Kerl holte ein zweites Mal aus. Alex ging zu Boden.

Das ging so schnell, dass der Kerl schon zu seinem Wagen gerannt war und die Tür zuschlug, als ich neben Alex niederkniete. Gerade als sich der Chrysler in Bewegung setzte, kam ein anderes Paar in das Parkhaus.

»Ich habe alles gesehen«, sagte die Frau. »Ich rufe die Polizei.«

»Wir holen Hilfe«, sagte ihr Begleiter. »Er blutet ja.«

Der Polizist wollte wissen, worum es gegangen war.

»Er hatte was gegen uns«, erklärte Alex.

Ich dachte, er würde fragen: »Was meinen Sie damit?« Aber er schien zu wissen, was Alex meinte.

Der Manager vom *Adieu, Adieu* behauptete, dieser Kunde sei noch nie in seinem Lokal gewesen, hätte bar bezahlt und keine Reservierung gemacht. Er behauptete, weder ihn noch die Frau zu kennen, die mit ihm da gewesen war.

»Erstunken und erlogen!«, murmelte Alex, als wir die

First Avenue runterfuhren. Auf dem Weg in die Notaufnahme vom St. Vincent's Hospital.

Er hatte es kaum geschafft, sich hinter das Lenkrad vom Käfer zu klemmen. Er blutete und hatte eine dicke Beule am Kopf.

»Ich war keine große Hilfe«, sagte ich kleinlaut.

»Wenigstens warst du so vernünftig den Mund zu halten, während ich so blöd war den Stier zu reizen.«

»Aber ich wünschte, er hätte mich getroffen. Ich muss nicht in einer Woche auf der Bühne stehen.«

»Auftritt Fortinbras ... humpelnd«, sagte Alex.

## Fünf

»Lang? Hier ist Brittany.«

»Wo bist du?«

»In Sag Harbor. Nick und ich sind zu Besuch bei Allie Perez. Wir wollen ein Picknick am Main Beach in East Hampton machen – Allie, ich und Nick. Kommst du mit?«

»Wäre nett, Nick zu sehen.«

»Oh, danke!«

»Brittany, ich will nicht wieder neu anfangen!«

»Wer will das? Das ist doch passee.«

Bevor ich Alex traf, waren wir eine Zeit lang zusammen ausgegangen. Aber sie hatte sich immer beklagt, dass es nur eine halbe Sache sei, da einer von uns nur halbherzig dabei sei.

»Was soll ich mitbringen?«, fragte ich.

»Dich. Genügt. Allie hat Koteletts und Kartoffelsalat für eine ganze Armee. Wir holen dich um zwölf ab. Sag mir, wo.«

Ich nannte ihr die Hausnummer an der Ocean Road und sagte, ich würde auf der Straße stehen.

Nick war schon mein Freund gewesen, bevor ich mit seiner Schwester ausgegangen war. Wir wohnten in derselben Gegend, und obwohl er in einer höheren Klasse war, steckten wir ständig zusammen. Ich gab ihm meine Telefonnummer, als er mir erzählte, dass Allies Familie ein Sommerhaus in den Hamptons besäße. Ich hatte nicht angenommen, dass er je anrufen würde.

Nick und Allie unterhielten eine dieser »Alles wieder gut/ alles wieder aus«-Beziehungen, in denen es meistens aus ist. Allie flirtete nämlich gerne auch mit anderen Jungs, und Nick war so eifersüchtig, dass er jedes Mal explodierte, wenn sie mit einem anderen ausging. Danach sprachen sie wochenlang nicht miteinander. Und dann doch wieder. Für mich waren sie kein richtiges Liebespaar. Ich hatte mich bei Nick darüber beklagt, dass sie sich vor mir stritten. Das sei eine Zumutung, hatte ich gesagt.

»Hast du ihnen gesagt, dass sie nicht ans Tor heranfahren sollen?«, fragte Mom.

»Ich werde zehn vor zwölf draußen sein.«

Es war zwei Tage nach meiner Begegnung mit Nevada. Ich hatte nicht einmal Nick gesagt, für wen meine Mutter in diesem Sommer arbeitete. Sie fand es nicht richtig, seine Adresse zu verbreiten.

»Wenn du ihnen sagst, dass Mr Nevada hier lebt, dann musst du betonen, dass das eine vertrauliche Mitteilung ist«, sagte sie.

»Mach ich. Die sind ziemlich cool.«

Ich zog mich schnell um, nahm ein paar Taschenbücher aus meinem Vorratslager und stopfte sie mit einem Handtuch und einer Sonnencreme in meinen Seesack.

Dann lief ich zum Tor, fünfzehn Minuten vor der ausgemachten Zeit. Nur für alle Fälle.

Dort wartete ich etwa fünf Minuten, als Franklin im Range Rover auftauchte.

Die Rottweiler standen auf den Hinterbeinen und knurrten und bellten, sodass Franklin schreien musste um gehört zu werden.

»Was machst du da, Lang?«

Er war nicht auf die Hunde angewiesen um zu wissen, was am Tor vor sich ging. Das Kameraauge war in Roundelay immer wachsam.

Ich erklärte ihm, dass ich hier wartete, bis ich abgeholt würde, was er kopfschüttelnd zur Kenntnis nahm.

»Mr Nevada will nicht, dass man hier herumsteht, Lang.«

»Ich wusste nicht, dass er mich hier auf dem Monitor sieht.«

»Alles hier sieht er auf dem Monitor. Warte ein Stück weiter unten auf der Straße.«

»Wie weit unten?«

»Siehst du die Eichen da?«

»So weit unten?«

»So weit unten«, sagte er. »Mr Nevada macht sich fertig um wegzufahren. Sieh zu, dass er dich hier nicht erwischt.«

Nick war unpünktlich.

Ich stand in der heißen Sonne und wartete.

Ungefähr fünf nach zwölf kam ein altmodisches Ford Cabrio die Straße von Roundelay runter und stoppte beim Tor.

Vermutlich ein Oldtimer aus den dreißiger Jahren. Weiße Reifen mit Sportfelgen. Schwarz mit weißem Segeltuchverdeck. Nadelstreifen an der Seite bis zum rückwärtigen Notsitz. Trittbretter und ein Ersatzreifen am Heck.

Ich wusste, dass Nevada am Steuer saß. Ich sah sogar, dass er eine schwarze Mütze aufhatte, aber ich drehte ihm den Rücken zu, damit er sich nicht beobachtet fühlte.

Der Oldtimer bewegte sich nicht von der Stelle.

Nach weiteren fünf Minuten tauchte Nick in einem dunkelgrünen Saturn auf. Er kam langsam die Straße herauf. Ich ging in die Mitte der Fahrbahn und winkte. Er fuhr heran und blieb stehen.

Eine der Türen ging auf und Brittany sagte: »Na hopp! Steig ein.«

Als wir losfuhren, blickte ich durch das Rückfenster. Nevada folgte uns.

»Hast du den Ford gesehen?«, fragte Nick. »Jahrgang vierunddreißig! Ein Klassiker!«

»Es ist kein Geheimnis, wer dort wohnt«, sagte Allie, als wir uns am Strand hinlegten. »Jeder weiß hier, wo die Berühmtheiten wohnen. Und niemand belästigt sie.«

»Wie ist er denn so, Lang?«, fragte mich Nick.

Ich erzählte ihm, wie ich ihn zufällig getroffen hatte.

»Er hat das Haus für Cali Coss gekauft«, sagte Brittany.

»›Pained over it‹, hat sie das nicht immer gesagt?«, meinte Allie.

»Ich glaube, es hieß ›Pain over‹«, sagte Nick.

Wir wechselten das Thema.

Sie fragten nach dem *Sob Story*. Das Lokal war bei den Kids beliebt, weil dort am Wochenende, wenn die Küche zumachte, neue heiße Bands auftraten, wie z. B. *The Failures*. Die waren schon ausgebucht. Brittany meinte, sie würde alles tun, um Karten für Cog Wheeler, die Nummer eins der *Failures*, zu bekommen. (»Ein Wink mit dem Zaunpfahl«, sagte sie und stupste mich an.)

Nick und Allie rieben sich gegenseitig quietschend vor Vergnügen mit Sonnenöl ein und Brittany rollte sich auf den Bauch und legte den Kopf auf ihre gekreuzten Arme.

Ich nahm ein Taschenbuch heraus und versuchte *Shakespeare verstehen* zu lesen.

Dann verdrückten sich Nick und Allie, um allein zu sein, und ich wechselte zu leichterer Lektüre über. Zu einem Krimi von Michael Nava. Mit dem schwulen Anwalt Henry Rios.

Als Brittany aufwachte, drehte sie sich auf den Rücken und fragte mich, ob ich den Text von irgendeinem der Songs von Nevada kenne. Er sei ein richtiger Dichter, meinte sie.

Ich wüsste nur den Text von *Flame*, sagte ich.

»›I'm a fire‹. Ah, ja.«

»Vielleicht kenne ich auch noch andere, ohne zu wissen, dass sie von ihm sind. Ich habe eine Menge über *Heart in My Mouth* gehört.«

»Mein Lieblingssong«, sagte sie. »Kennst du den Text dazu?«

»Sagte ich doch gerade, nein.«

»Bitte, Lang. Nicht diesen Ton!«

»Tut mir Leid.«

»Immer bist du gleich so gereizt.«

»Ich bin nicht gereizt!«

»Du solltest dich mal hören. Was ist los mit dir?«

»Nichts ... Wie geht *Heart in My Mouth?*«

Ich erwartete, dass sie den Text rezitieren würde, aber sie setzte sich auf und begann zu singen.

Ich hatte noch nie ihre Stimme gehört und noch nie jemanden getroffen, der so gut sang ohne Sänger zu sein.

*You in my eyes bring my heart*
*To my mouth, bring the words*
*To my lips, feel my blood start*
*To race, singing of birds,*
*With the lifting of wings,*
*Heart in my mouth, spilling out things.*

Ich applaudierte.

»Man muss Nevada lieben«, sagte sie. »Wer kann schon solche Songs schreiben.«

»Und wer kann schon solche Songs so singen?«

»Danke, Lang.«

Ich sah, dass sich ein paar Leute von ihren Badetüchern aufgerichtet hatten und hersahen. Sie lächelten. Ein Junge hielt die Hand hoch und formte aus Daumen und Zeigefinger einen Kreis.

»Die denken sicher, ich hätte dir gerade ein Liebeslied vorgesungen«, sagte Brittany. »Ich würd's ja glatt tun, wenn du mir eine Karte für Cog Wheeler verschaffen kannst. Der kommt doch im Juli ins *Sob Story*, nicht?«

»Ich arbeite in der Küche, Brittany.«

Wie hätte ich reagiert, wenn Alex für mich gesungen hätte, fragte ich mich? Und ich musste an den Abend im *Adieu, Adieu* denken.

Eng umschlungen kamen Nick und Allie über den Strand auf uns zu. Kurz vor uns blieben sie stehen und küssten sich.

»Vermisst du mich eigentlich, Lang?«, fragte mich Brittany.

»Es ist leichter ohne dich.«

»Was ist leichter?« Sie schien wirklich ärgerlich zu sein.

»Mein Seelenfrieden. Mein Leben, verdammt noch mal!«

Allie streckte sich mit Nick wieder auf dem Badetuch aus.

»Ich kann Paare, die sich zanken, echt nicht leiden, was, Nick?«

»Ich hasse es!«, sagte Nick. »Eine Zumutung!«

Im *Sob Story* hatte ich am Abend einen Sonnenbrand und eine neue Aufgabe. Der Wein, den man dort servierte, wurde uns in Tetrapaks geliefert. Ich musste ihn in leere Weinflaschen mit feinen französischen Etiketten umfüllen und zur Bar schleppen. Das bekamen dann die Leute vorgesetzt, die für sieben Dollar pro Glas einen Merlot oder einen Chablis bestellt hatten.

# Sechs

Ich war Alex zum ersten Mal an einem kalten Januartag bei *Barnes & Noble,* Ecke 22nd Street und Sixth Avenue begegnet. Ich war noch nie in diesem Buchladen gewesen, Alex dagegen verbrachte viele Stunden in der Woche dort. Er war anders als die Buchläden, die ich kannte. Es gab überall bequeme Stühle und Tische, an denen man schreiben konnte, und eine Treppe höher sogar ein Espresso.

Ich wollte mir hier die neue CD von George Michael anhören. Alex saß meistens in der Musikabteilung. Wir kamen ins Gespräch und dann reichte er mir seine Kopfhörer. Es war ein Song von Elvis Costello – *Almost Blue* – von einer seltsamen, rauen Stimme gesungen. Ein alter Jazzsänger, sagte Alex, der Chet Baker hieß.

Danach kamen wir ins Gespräch und tranken Espresso. Dadurch, dass ich Alex kennen lernte, lernte ich alle möglichen New Yorker Adressen kennen, von denen ich noch nie gehört hatte. Die Wohnung von Alex in der Avenue A war zwar ein Rattenloch, aber dafür wusste er, wo man hingehen musste – z. B. auf Roosevelt Island.

Dorthin fuhren wir an jenem Sonntag, an dem ich von East Hampton nach New York gekommen war.

Es liegt genau in der Mitte vom East River. Wir stiegen in der Second Avenue zwischen der East 59th und 60th in die Schwebebahn. Dann fuhren wir in einem alten roten Bus zum Lighthouse Park hinaus.

Hier picknickten wir, blätterten die Wochenendausgabe der Times durch und spielten Schach. Schach war, glaube ich, das Einzige, was ich Alex beigebracht habe.

Bevor wir zurückfuhren, machten wir einen Spaziergang an der Westseite der Insel und genossen den Blick auf die Skyline von Manhattan. Und hier stießen wir auf Scott Lund.

Er ging vor uns her. Er war mir schon aufgefallen, bevor Alex seinen Namen rief. Er trug ein weißes, langärmeliges Hemd mit einem gepunkteten Schal im Ausschnitt. Irgendetwas an ihm – alles an ihm, von seinem Gang bis zu der sehr, sehr engen Hose – ließ mich wissen, dass er schwul war. Aber er hatte den Arm um eine Frau in einem roten Kleid gelegt und er beugte sich hinunter, um sie zu küssen, während sie verliebt zu ihm aufschaute.

Ich wollte Alex gerade »Sieh dir die da an!«, zuflüstern und hätte damit nicht die Dame in Rot gemeint.

»Scotty!«, rief Alex.

»Alex! Alex Southgate! Komm, sag Maggie Guten Tag!« Er war stehen geblieben.

Alex stellte mich vor und wir blieben eine Weile stehen und unterhielten uns.

Er war auch Schauspieler, etwas älter als Alex, und spielte eine Rolle in einem Stück von Pinter.

»Dass wir uns ausgerechnet hier über den Weg laufen!« Scott gab Alex einen freundlichen Klaps auf den Arm. »Ich werde Zack erzählen, dass ich dich gesehen habe, Alex. Nett, dich kennen zu lernen, Lang!«

Nachdem wir uns getrennt hatten, sagte Alex: »Sie ist seine Alibifrau. Er geht nirgends ohne sie hin.«

»Alibifrau?«

»Mit ihr zusammen gilt er als hetero.«

»Ja, sicher – und ich bin Dolly Parton.«

»Er versucht es eben, der arme alte Scotty. Sie wohnt in derselben Etage, aber gegenüber von Zack und ihm. Ich glaube, in der Öffentlichkeit hat sich Scotty nie mit Zack zusammen sehen lassen.«

»Was hat sie davon?«

»Oh, sie kann sich mit einem berühmten Schauspieler zeigen. Ich weiß nicht, Lang. Sie steht auf Scotty.«

»Die alte Schwuchtel.« Ich hatte davon gehört, dass sich Frauen manchmal schwule Typen aufrissen.

»Ich glaube, Scotty mag sie auch, auf seine Weise.«

»Ich glaube, Scotty will vor allem für hetero gehalten werden … Es gelingt ihm nur nicht.«

»Die Älteren haben sich häufig so arrangiert. Die Theater waren früher voll von denen. Manche heiraten sogar.«

»Auf dem Papier.«

»Einige. Einige nicht. Manche haben Kinder.«

»Aber deshalb sind sie nicht wirklich bisexuell. Leute, die sagen, sie seien bisexuell, können nur nicht zugeben, dass sie schwul sind. Es ist leichter zu sagen, man ist bi. Da ist man schon fast ein Normalo.«

»Ich kenne Homos, männliche und weibliche, die auch heterosexuelle Affären gehabt haben.«

»Schauspieler. Die sich was vorspielen.«

»Menschen«, sagte Alex. »Die lieben. Es ist nicht alles so schwarz und weiß, wie man denkt. Du bist schwul und ich bin schwul, aber guck dir mal jemanden wie Madonna an.«

»Die ist universexuell.«

Alex lachte.

Ich sah in der Ferne Scotty davontrippeln. Der Gang war mir vertraut. Ich hatte erlebt, dass Schauspieler ihn auf der Bühne imitierten und Lacher einheimsten.

»Scotty ist der Typ Homo, der uns alles kaputtmacht.«

»Nein, Lang. Solche wie Scotty werden kaputtgemacht. Die sind nicht schuld. Die Leute verhalten sich so, wie es den Verhältnissen in ihrer Zeit entspricht … Schau dir mal deinen Freund Nevada an.«

»Was ist mit dem?«

»Den haben die Drogen der Siebziger fertig gemacht. Damals waren alle Rockstars drogensüchtig.«

»Manche sind es noch.«

»Und manche von uns trippeln immer noch so wie Scotty. Es ist sinnlos, jeden in ein Modell zu pressen. War das nicht das Thema von einem von Nevadas Songs?«

Ich schüttelte den Kopf. »Jeder kennt seine Songs, nur ich nicht.«

»Der geht so«, sagte Alex:

*»If you make yourself me*
*Then I might set you free*
*Then I might let you be*
*Then you might let me see*
*That you've turned into me.*

Es heißt *Dads Advice.*«

»Ja, ich erinnere mich. ›If my lies you believe/Then I might let you breathe.‹«

»Seine Songs drehen sich hauptsächlich um Daddy, wenn nicht um Cali.«

»Was weißt du noch alles über ihn?«

»He, ich dachte, du kannst mein Geschwätz über Stars nicht leiden. Zu tuntig, hm? Das denkst du doch, oder?«

»Das ist was anderes. Ich lebe schließlich in Nevadas Haus.«

»Bald wirst du Roundelays Zauber spüren, aber lass dich nicht verführen«, sagte Alex lachend. »Klingt wie ein Song.«

## Sieben

Als ich an diesem Abend heimkam, übergab mir meine Mutter einen versiegelten Umschlag.

Auf der Rückseite stand in gedruckten Goldbuchstaben:

*B.L.N.*
*Roundelay*
*Ocean Road*
*East Hampton, New York 11937*

Vorne auf dem Umschlag stand mit der Hand geschrieben groß mein Name.

»Na los, mach schon auf«, sagte meine Mutter.

Oben links auf dem dicken, cremefarbenen Briefpapier standen wieder die Goldbuchstaben *B. L. N.*

Ich las laut vor:

*Lang,*
*komm bitte morgen um zwölf nach Roundelay.*
*Ich erwarte dich zum Lunch.*
*Nimm den hinteren Weg zur Terrasse.*
*Wir treffen uns dort.*

*Ben Nevada*

»Ich möchte wissen, was er von dir will«, meinte Mom.

»Wir wissen immerhin, was er nicht will. Dass ich ins Haus komme.«

»Ist ja auch nicht notwendig«, sagte meine Mutter achselzuckend. »Ich bin ja auch kaum in Roundelay ... Außerdem kam ein Anruf für dich. Brittany ist in Sag Harbor. Sie sagte, sie geht heute spät schlafen, du kannst sie auch noch in der Nacht anrufen. Die Nummer steht unten auf dem Block neben dem Telefon.«

»Sie war doch gerade hier, vor ein paar Tagen.«

»Na und? Wir leben in einem freien Land. Weiß Nick Bescheid über dich?«, fragte meine Mutter.

»Ich hab ihm nichts gesagt, auch nicht Brittany.«

»Braucht man ja auch nicht auszuposaunen«, sagte sie. »Und die im *Sob Story?«*

»Auch nicht. Denen geht's nicht um die Wahrheit. Wenn da jemand ein brutzelndes Steak bestellt, dann schieb ich, kurz bevor es aus der Küche geht, ein bisschen Schmalz unter den glühend heißen Aluminiumteller auf dem Tablett. Der Kellner hievt es auf die Schulter und serviert es brutzelnd.«

Meine Mutter musste lachen. »Aber dein Chef hält wenigstens den Sabbat ein, das muss man ihm lassen. Es gibt nicht viele Lokale hier, die in der Saison am Sonntag geschlossen haben.«

»Stimmt!«, sagte ich. »Wenn man schon den Kunden betrügt, sollte man wenigstens den Sabbat einhalten!«

»Wer sind eigentlich Cog Wheeler und *The Failures?* Heute steht in der Klatschspalte von Liz Smith, dass sie am fünften Juli im *Sob Story* auftreten.«

»Das ist eine Rockband.«

Mir fiel Brittany ein. Sie hatte die Angewohnheit, alle diese Klatschspalten zu lesen. Wahrscheinlich versuchte sie noch immer an Karten ranzukommen.

# Acht

»Brittany? Cog Wheeler und *The Failures* sind ausverkauft.«

»Oh, hallo, Lang!«

Ich hörte an ihrer Stimme, dass sie schon geschlafen hatte.

»Mom hat gesagt, du seist sicher noch wach.«

»Ich bin wach. Wie spät ist es?«

»Halb elf. Ich ruf dich morgen an.«

»Nein, warte! Es geht nicht um Cog Wheeler. Hast du schon mal mit Sand gearbeitet?«

»Gespielt, ja.«

»Gearbeitet! Du nimmst etwas Gips und etwas Salzwasser. Und natürlich Sand.« Sie lachte.

»Hab ich nie gemacht.«

»Ich besuche nämlich einen Kurs an der Kunstgewerbeschule. Und dafür brauche ich ein Ob-jet –«

»Objet d'art«, half ich ihr weiter. Brittany wollte also Künstlerin werden.

»So ist es. Ich muss nächste Woche in den Unterricht ein Kunstwerk mitbringen, aus Sand usw. Es geht also nicht um ein Date oder was Schlimmes in der Art. Ich hätte nur gerne eine kleine Anregung ... und hier kenne ich keinen Menschen.«

»Wo ist Allie?«

»Sie hat jetzt einen Job. Ich bin den ganzen Tag allein und ich habe diese Woche Moms Wagen. Es gibt nämlich in Sag Harbor keinen richtigen Strand.«

Bevor ich reagieren konnte, sagte sie schnell: »Ich werde auch bestimmt nicht wieder singen.«

»Wenn du singst, ist das eher ein Plus. Ich mag deine Stimme.«

»Es ist mir *wahnsinnig* peinlich, dass ich mich neulich am Strand so aufgeführt habe.«

»Es war schön. Wenn du nur singen und nicht reden würdest, täten wir uns vielleicht weniger schwer.«

»Das liegt nicht an mir, Lang.«

»Wenn es an mir liegt, warum rufst du mich dann an?«

»Willst du die Wahrheit wissen?«

»Ja.«

»Ich mag nicht allein am Strand sitzen.«

Ich musste lachen.

»Ich fühle mich so ausgesetzt.«

»Verstehe.«

»Ich könnte dich morgen abholen.«

»Morgen nicht.«

»Dienstag? Gleiche Zeit? Gleicher Ort?«

»Bleib etwas weiter weg vom Tor stehen.«

Brittany bekam immer, was sie wollte. Ich konnte bei ihr einfach nicht Nein sagen. Außerdem würde Brittany Ball ein Nein niemals für eine Antwort halten.

# Neun

Wir aßen Hühnchensalat auf der dreißig Meter langen Terrasse mit Blick auf den Atlantischen Ozean.

Außer Plato waren noch die beiden anderen Chow-Chows da: Aristoteles und Sokrates.

Bevor wir uns andere Rockbands anhörten, genehmigten wir uns eine Zeit lang *The Failures*.

Nevada erwähnte, dass er ein Interview mit Cog Wheeler in *Rolling Stone* gelesen habe. Der Sound von ihm gefiele ihm, sagte er.

Es war ein heißer, grauer, windiger Tag. Große Wellen schlugen unten auf dem Strand auf.

Nevada kleidete sich anscheinend gerne in Schwarz: Es waren dieselben Jeans, die ich schon an ihm gesehen hatte, dieselben Sandalen, ein schwarzes Seidenhemd, das sich im Wind etwas bauschte.

Er sagte nicht viel, außer, dass die und die Musik, die wir gerade hörten, ihn an die und die Musik der sechziger Jahre erinnerte. *Orb* klang wie *Pink Floyd, Sonic Youth* wie *Velvet Underground.* So ungefähr.

Ich wusste nicht besonders viel über die Musik der Sechziger. Ich hatte nicht viel dazu zu sagen.

Franklin kam mit einer Karaffe Eistee auf die Terrasse und füllte unsere Gläser nach. Dann räumte er die leeren Teller ab und stellte einen Teller mit Cookies auf den Tisch.

»Die sind von Barefoot Contessa«, sagte Nevada. »Die sind hart. Ich mag keine weichen.«

»Sie schmecken sehr gut«, sagte ich,

Er rauchte französische Zigaretten, die Gitanes hießen. Er

zog eine aus der Packung, zündete sie an und blies eine Rauchwolke von sich.

»Hast du eine Freundin hier?«, fragte er.

»Nein.«

»In New York City?«

»Nein.«

»Habe ich auch nicht erwartet.«

Ich wusste nicht, was ich darauf antworten sollte, daher sagte ich nichts.

»Spielst du Tennis?«, fragte er.

»Ja.«

»Gut!«

»Warum ist das gut?«

»Okay«, meinte er und sah mich zum ersten Mal richtig an. Seine dunkelblauen Augen waren fest auf mich gerichtet. »Ich will dir erklären, worum es geht.«

Er zog erneut an seiner Zigarette. Die Chow-Chows schliefen unter dem Tisch.

»Alte Freunde von mir – beide Künstler – haben mich um einen Gefallen gebeten. Sie leben in Frankreich, in Aniane, einer kleinen Stadt im Languedoc, einer Gegend, die sie das tiefe Frankreich, la France profonde, nennen. Mit anderen Worten, in der tiefsten Provinz.«

Er betrachtete einen Moment lang seine Zigarette.

Ich sah hinaus auf den Ozean und dachte an das erste Wochenende in Roundelay, als Alex und ich am Strand entlanggelaufen waren. Außer Schach hatte ich ihm nie etwas Neues zeigen können. Immer zeigte er mir alles. Dann kam ich nach East Hampton, an einen Platz, der für uns beide neu war. Und er war hingerissen. Ich erinnerte mich, wie er am ersten Morgen ins Meer lief und sich in die riesigen Wellen warf und klatschnass wieder rauskam und mich umarmte. Die Haare klebten in seinem Gesicht. Die Sonnenbrille hatte er im Wasser verloren.

»Sie haben eine Tochter«, fuhr Nevada fort. »Huguette haben sie sie genannt. Und sie haben die gottverdammte Idee gehabt, sie dort drüben in die Schule zu schicken! Sie sind Amerikaner, aber sie wollten ihr Kind nicht hier aufwachsen lassen. Sie wäre dort sicherer und bekäme eine bessere Ausbildung, glauben sie. Der typische Unsinn von Auswanderern, die sich einreden wollen, die Europäer seien uns überlegen!«

Er machte eine Pause und nippte an seinem Tee.

Aus den Lautsprechern ertönte die Stimme von Toni Braxton. Ich wartete darauf, dass er sagen würde, welchem Sound sie am nächsten käme.

Aber er blieb bei seinem Thema. »Dieses Kind, dieses Mädchen ist ungefähr so alt wie du. Siebzehn.« Er sah mich an, um seine Annahme zu überprüfen.

»Ich werde im Juli achtzehn.«

»Huguette wuchs also in diesem öden kleinen französischen Provinznest auf, wo es nur Winzer und Kleinbauern gibt. Sie ging in dem Kaff auch zur Schule. Höchstens eintausendvierhundert Einwohner. Leute, die sich für ihren Lebensunterhalt abrackern müssen ... Huguette ist ein junges, intelligentes, gesundes, sehr attraktives Mädchen. Was macht man in so einem Drecknest, um sich zu amüsieren? Man verliebt sich. Sie hat sich unsterblich verliebt. Und in wen, glaubst du, hat sie sich verliebt?«

Ich zuckte die Achseln. »In einen Weinbauern?«

»In einen Beerenpflücker. Einen, der bei der Weinernte hilft. In den hat sie sich verliebt.«

Er war so laut, dass Plato aufwachte. Der Chow-Chow hob den Kopf und sah mich bekümmert an.

»Verliebt, bis über beide Ohren verknallt! Welch eine Überraschung! Was hatten die sich bloß gedacht?« Er erwartete keine Antwort und fuhr fort: »Was das Kind jetzt braucht, ist der Kontakt mit der wirklichen Welt, der Kontakt mit Gleichaltrigen! Meine Freunde wollen, dass sie von dort wegkommt, weg von ihm! Sie schicken sie über den Sommer hierher. Sie ist morgen hier.«

Er sah mir gerade in die Augen und sagte: »So, und nun kommst du ins Spiel.«

Während ich auf weitere Erklärungen wartete, sang Toni Braxton sich die Seele aus dem Leib und Nevada sagte plötzlich: »Die singt so wie Roberta Flack.«

»Ich habe noch nie von Roberta Flack gehört«, gab ich zu.

»Ihr beide würdet wahrscheinlich gut miteinander auskommen«, sagte er.

Mir war klar, dass er nicht Roberta Flack und mich meinte.

»So, ich habe mir Folgendes gedacht«, sagte er und kam endlich zur Sache. »Ich möchte, dass du mir hilfst. Geh ab und zu mit ihr ins Kino. Spiel ein bisschen Tennis mit ihr. Zeig ihr die Hamptons. Gib ihr einen Eindruck vom *richtigen* Leben. Mach sie mit ein paar netten jungen Leuten bekannt! Natürlich komme ich für alle deine Ausgaben auf.«

Er sah mich an und ich sah ihn an.

»Na?«, fragte er.

»Das ist keine sehr gute Idee«, sagte ich. »Ich kenne niemanden hier.«

»Du warst neulich mit einer ganzen Gruppe unterwegs. Ich habe dich gesehen.«

»Die sind aus New York City, Mr Nevada.«

»Dann passt ihr ja gut zusammen, Huguette und du. Du hättest doch gerne eine Tennispartnerin, nicht? Jemanden, mit dem du deine Freizeit verbringen kannst. Und zu zweit ist es außerdem leichter, Bekanntschaften zu machen.«

Ich sah mich schon wieder in einer Situation, wo ich lügen musste und vorgeben etwas zu sein, was ich nicht war. Daher schüttelte ich nur den Kopf

»Sie würde sich ja nicht für dich interessieren«, sagte er, »wenn dich das belastet, Lane.«

»Lang«, sagte ich.

»Sie liebt ja diesen französischen Beerenpflücker.«

»Ich habe andere Verpflichtungen.«

»Meinst du deine Arbeit im *Sob Story*?«

»Ich meine die Wochenenden.«

»Kein Problem. Du brauchst nicht auf deine Wochenenden zu verzichten.«

Einen Moment lang sagte keiner von uns etwas. Dann rieb er sich mit der Hand die Stirn und seufzte. »Ich weiß nicht, wie ich es sagen soll«, meinte er schließlich.

Ich dachte, er würde sagen, dass ich schließlich für ihn arbeitete und dass dies ein Teil meiner Arbeit sei.

»Sagen Sie es«, ermunterte ich ihn.

»Okay, ich glaube, ich weiß, warum du zögerst, Lang.«

Plato war aufgestanden und rieb seine Nase an Nevadas Hosenbein.

»Warum?«, fragte ich.

»Ich habe dich neulich mit deinem *Freund* am Strand beobachtet.«

Ich hatte gedacht, nur Alex kann so rot anlaufen, aber jetzt spürte ich, wie mein eigenes Gesicht rot wurde.

»Das sah nach mehr als nur einer Freundschaft aus. Und dann die Bücher, die du bei dir hattest – Truman Capote, ein Homosexueller.« Er hob die Hand, bevor ich etwas sagen konnte. »Das geht mich nichts an! Das ist *deine* Angelegenheit ... Aber ich denke, Lang, dass es in dieser Situation sogar nützlich sein könnte! Ich will gar nicht, dass es zu neuen Komplikationen kommt. Sie hat schon genug Probleme! Ich will eigentlich nur, dass sie hier mit deiner Hilfe eine nette Zeit verlebt. Dafür will ich auch zahlen!«

Ich schüttelte den Kopf

»Bei unserer ersten Begegnung hast du dich als *hin- und hergerissen* bezeichnet.«

»Bin ich aber nicht.«

»Du hast es gesagt. Nicht ich.«

»Ich wollte damit sagen, ich habe die Maskerade satt.«

»Eine gewisse Ambivalenz ist ganz in Ordnung.«

»In *dem* Punkt gibt es bei mir keine Ambivalenz. Ich bin

nur hin- und hergerissen, ob ich es bei mir behalten soll oder nicht.«

»Ach, in deinem Alter glaubt man noch alles über sich selbst zu wissen. Erst wenn man so alt ist wie ich, blickt man zurück und sieht einen Fremden – und das ist man selbst! Ich blicke zurück und sehe einen Idioten! Der unbedingt einen Mann beeindrucken wollte, der ihn hasste!«

»Ihren Vater?«

»Ist nicht weiter wichtig.«

Wir schwiegen.

»Er war Klavierbegleiter. Hüte dich vor Zweitbesetzungen, Klavierbegleitern und Ghostwritern! Die stellen ihre eigenen Träume zurück, um anderen zu dienen.«

Wieder schwiegen wir, während er an seiner Zigarette zog.

»In meinem Fall«, fuhr er fort, »wurden die Träume auf mich abgewälzt! Ich musste der Star werden, der er nie werden würde. Und ich war nie gut genug, weil er nie gut genug war!«

»Ich glaube, ich habe Glück«, sagte ich. »Ich kenne meinen Vater gar nicht. Ich weiß nicht einmal, wo er ist.«

Nevada interessierte meine Geschichte nicht.

»Ich glaube, du hast Glück, dass ich dir dieses Angebot mache. Warum nimmst du es nicht an? Kannst du dich mit einem Mädchen nicht amüsieren?«

»Das ist es nicht.«

»Fahr mit ihr herum …«

»Ich habe kein Auto«, unterbrach ich ihn.

»Ich habe sechs!«

In diesem Frühjahr hatte ich Fahrstunden genommen und meinen Führerschein gemacht, aber ich war noch nicht viel gefahren.

»Ich würde Ihnen gerne helfen, Sir«, sagte ich, »aber ich kann mich nicht schon wieder verstellen.«

»Was meinst du mit schon wieder?«

»Wie bisher immer in meinem Leben!«

Er sah verärgert aus. Mein Leben stand hier nicht zur Debatte. Sondern seines.

»Wären Sie begeistert, wenn jemand Sie bittet, einen Schwulen zu unterhalten?«

»Das ist etwas anderes!«, knurrte er.

»Warum?«

»Weil es was anderes ist, Lang ... Niemand würde jemanden darum bitten. Ich dagegen bitte dich um etwas ganz Normales.«

»Für mich ist es nicht normal.«

»Aber du hast es schon oft gemacht.«

»Zu oft.«

»Einmal mehr wird dich nicht umbringen.«

»Vielen Dank für das Essen«, sagte ich und stand auf.

Plato erhob sich und sprang an mir hoch.

»Platz, Plato!«, rief er.

Aber, wie gesagt, Plato hielt sich nicht an Befehle.

»Denk drüber nach, Lang!«, rief er mir nach.

Plato trottete hinter mir her, bis Nevadas Stimme immer drohender wurde.

»PLATO! PLATO! PLA-TO!«

Als ich den Weg neben dem Haus hinunterging, sangen die Beatles gerade »Love Me Do«.

Ich dachte an Alex und die drei Monate, die vor uns lagen.

## Zehn

Überall klebten Gipsreste: auf meinem Hemd, meinen Jeans, meinen Armen und Beinen – Brittanys Bikini, ihrem Körper, ihrem Gesicht.

Aber wir hatten ein paar Gebilde aus Sand und Gips vorzuweisen und wir hatten es geschafft, uns den ganzen Nachmittag nicht zu streiten.

Als wir wieder im BMW ihrer Mutter saßen und nach Hause fuhren, während *Deep Blue Something* von WBEA lief, sagte Brittany: »Ihr alter Hit *Breakfast at Tiffany's* war umwerfend gut.«

»Ja. Ein toller Song.«

»Das war doch dieses Paar, das nichts gemeinsam hatte außer einem Film, für den beide schwärmten.«

»Ich mochte den Film auch. Wie hieß doch die Schauspielerin? Audrey Hepburn. Genial, wie sie auf der Feuerleiter Gitarre spielte und dazu *Moon River* sang.«

»Wenn das überhaupt ihre Stimme war.«

»Ich glaube, ja.«

»In manchen Filmen werden die Stimmen unterlegt.«

»Ich glaube, es war ihre.«

»Ich habe ganz vergessen, was für ein Filmexperte du bist.«

»Das wird mir hier draußen abgehen. Hier spielen sie ja nur United Artists-Scheiße, keine Retrospektive, keine ausländischen Filme.«

»Aber du fährst doch manchmal am Wochendende nach New York, nicht?«

»Manchmal«, sagte ich.

»Spielt dein Freund Alex dort Theater?«

»Ja, in *Hamlet.*«

»Gott, *der* ist vielleicht sexy!«

»Das ist er!«

»Ich hätte nichts dagegen, ihn mal zu treffen.«

»Du hast ihn getroffen, damals bei *Saks.*«

»Ich meine, richtig treffen.«

Darauf sagte ich nichts. Wir waren bei *Red Horse* stehen geblieben, damit sie etwas zu essen einkaufen konnte, hatten den Montauk Highway überquert und fuhren nach Süden. Die Häuser wurden größer und man konnte den Ozean riechen.

»Da du in diesem Sommer hier bist und ich in New York«, sagte Brittany, »wäre es doch nett für mich, jemanden zu haben, mit dem ich ausgehen könnte.«

»Wir würden nicht zusammen ausgehen, wenn ich in New York wäre.«

»Das hast du mir schon unter die Nase gerieben.«

»Warum also dann der ganze Scheiß mit ›du hier, ich da?‹«

»Lang, was ist los mit dir? Du willst mich nicht, aber wenn ich sage, dass ich mich gerne mit Alex treffen würde, drehst du durch.«

»Ich drehe nicht durch!«

»Doch!«

»Du hast Alex kennen gelernt. Ruf ihn doch an, wenn du ihn unbedingt treffen willst.«

»Siehst du? Du wirst sauer sein, wenn ich ihn anrufe!«

»Ruf ihn an, dann siehst du ja, ob ich sauer bin.«

»Mal sehn.«

»Er wird sauer sein.«

»Warum?«

»Weil sein Interesse gleich Null ist.«

»Wir werden sehen.«

Wir fuhren am *Maidstone Club* vorbei, einem Treffpunkt für Snobs, nur eine Ecke weit von Roundelay entfernt. Franklin hatte meiner Mutter erzählt, dass man Nevada dort die kalte Schulter gezeigt hatte, als er dem Club beitreten wollte, um Golf zu spielen. Rockstars waren unerwünscht. Genauso wie Juden und Schwarze. Man gab sich exklusiv.

»Ich werde ihn anrufen«, sagte Brittany. Ich hatte gedacht, das Thema sei erledigt.

»Dass du mich für unattraktiv hältst, heißt nicht, dass andere mich nicht attraktiv finden«, sagte sie.

»Ich habe niemals gesagt, dass du unattraktiv bist, Brittany.«

»Du hast gesagt, ich wäre für Alex uninteressant.«

»Nein. Ich habe gesagt, sein Interesse ist gleich Null.«

»Das ist dasselbe.«

»Nein, ist es nicht.«

»Warum ist das nicht dasselbe?«

»Würdest du mich bitte aussteigen lassen? Ich kann zu Fuß gehen.«

So war es immer: Eine Neckerei, die immer hitziger wurde, bis wir beide vor Zorn kochten.

»Erklär mir bitte den Unterschied zwischen Null Interesse haben und jemanden uninteressant finden«, sagte sie.

»Es kann jemand noch so interessant sein, wenn der andere schwul ist, dann ist sein Interesse gleich Null.«

Ich erkannte den Grenzstein von Roundelay. Wir hatten noch ungefähr 4 Kilometer.

»Ach, Lang, du musst alles in den Dreck ziehen.«

Ich dachte: Noch ein, zwei Minuten und ich steig aus.

»Willst du mir etwa sagen, dass Alex schwul ist?«

»Alex ist schwul. Und ich auch.« Meine Stimme war sehr ruhig und plötzlich war ich es auch. Sehr ruhig.

Ich spürte, wie sie mich entsetzt ansah. Ich sah starr geradeaus. Irgendjemand musste ja auf die Straße achten.

»Du bist schwul?«

»Ich bin schwul.«

»Du und Alex, ihr seid …?«

Sie brach ab.
»Beide schwul«, half ich ihr.
Wir waren an der Stelle vor Roundelay, wo ich aussteigen musste, unten bei den Eichen, in einiger Entfernung vom Tor.
Sie brachte den BMW zum Stehen.
»Das war's, was zwischen uns nicht stimmte. Hatte nichts mit dir zu tun.«
»Und das sagst du mir erst jetzt?!«
»Ich weiß, ich hätte es dir vorher sagen sollen. Aber ich wusste nicht, wie.«
»Verdammt nochmal, ja, du hättest es mir vorher sagen sollen!«
»Wenigstens habe ich es jetzt gesagt.« Ich machte die Tür auf.
»Steig aus!«, sagte sie.
In diesem Augenblick sah ich Nevadas Ford aus dem Tor kommen und in unsere Richtung einbiegen.
Ich stieg aus.
Ich schlug die Tür zu.
»Lang?«
Ich drehte mich um.
Aus dem offenen Fenster auf der Beifahrerseite flog eines der Kunstwerke aus Sand und Gips.
Ich sprang zur Seite und das Geschoss krachte auf die Fahrbahn.
Brittany startete und bog mit quietschenden Reifen nach rechts ab.
Der Ford blieb vor mir stehen.
Am Steuer saß ein Mädchen mit kurzen, schwarzen Haaren und grünen Augen. Sie lächelte.
Sie beugte sich aus dem Fenster und rief: »He! Wer hat dir den Ziegel nachgeworfen?«
Ich hob die beiden Stücke des Kunstwerks auf, das ich gemacht hatte.
Ich hielt sie hoch. »Das ist kein Ziegel.«

»Steine?«, fragte sie lachend. »Hat jemand mit Steinen nach dir geworfen?«

Ich lachte auch. »Das ist eine lange Geschichte.«

»Steig ein!«, sagte sie. »Zeig mir den Weg in die Stadt, hmmm?«

Ich lehnte mich gegen die Wagentür. »Ich bin Huguette Haun«, sagte sie.

»Ich hab schon gehört, dass du kommst.«

»Und wer bist du?«

»Lang Penner.« Im selben Moment fiel mir *Frühstück bei Tiffany* ein. Sie sah ihr ähnlich, dieser Schauspielerin Audrey Hepburn.

Aber sie sprach mit französischem Akzent.

»Freut mich, dich kennen zu lernen, Huguette!«

»Ü-Ü-Ü-gette«, sagte sie. »Wenn du meinen Namen Jugette aussprichst, you get nothing!«

Sie machte mir die Tür auf.

»Steig ein!«

# Elf

In den Geschäften der Main Street von East Hampton konnte man Jeans für 300 Dollar erstehen und zwei alte Buchstützen für 1000 Dollar.

Meine Mutter verdrehte die Augen, wenn sie wieder in Roundelay war und mir die Preise nannte. Sie kaufte nie etwas.

Huguette parkte vor dem *Polo* und wedelte mit einer Kreditkarte, die ihr »Onkel Ben« gegeben hatte. So nannte sie Nevada. Sie waren nicht verwandt, aber solange sie sich zurückerinnern konnte, war er in ihrem Leben gewesen. Er sei wie ein Onkel zu ihr. »Ein reicher Onkel«, meinte sie.

Alle, die uns sahen, schauten zweimal hin. Wegen des alten Ford und ihretwegen.

Sie war auffallend schön. Und sie war auffallend gekleidet und sprach mit ausländischem Akzent. Sie trug ein ärmelloses schwarzes Kleid mit einem langen Schlitz im Rücken, hellbraune Sandalen an langen Beinen, eine riesige goldene Uhr, schlenkernde goldene Armreifen, große goldene Ohrringe und wenn sie lächelte, zeigte sie ihre strahlend weißen Zähne.

Wenn wir ein Geschäft betraten, sahen die Angestellten an mir, der immer noch Gips auf der Jeans und den Armen hatte, geflissentlich vorbei und stürzten sich mit ausgestreckten Armen auf Huguette, um ihr die neuesten Polos und Guccis und DKNYs zu zeigen.

Sie suchte nach einem großen weißen Damen- oder Herrenbademantel, den sie nirgendwo finden konnte. Onkel Ben hatte nur schwarze, sagte sie, und es gäbe nichts Deprimierenderes, als sich morgens nach einer heißen Dusche in einen schwarzen Bademantel zu hüllen.

Ich sagte, es gäbe ein paar Kilometer weiter ein Einkaufszentrum, aber sie meinte, sie wollte sich in jedem Fall hier ein bisschen umschauen. Sie habe noch nie eine Kreditkarte gehabt. Und Geld wie Stroh.

»Wie *Heu«,* sagte ich.

»Was?«

»Man sagt: Geld wie Heu.«

»Ich hatte nie welches«, sagte sie.

»Ich auch nicht. Weder früher noch jetzt.«

»Du lebst hier und hast kein Geld?«

»Meine Mutter arbeitet für deinen Onkel.«

»Ach, du bist der.«

»Der was?«

»Der mir hier alles zeigen soll. Onkel Ben hat von dir erzählt.«

»Wann war das?«

»Neulich abends, als er angerufen hat. Kurz bevor ich von zu Hause weg bin.«

Wir waren in die Newton Lane eingebogen. Und in ein Kleidergeschäft gegangen, das ich nie betreten würde. Voller Lederjacken, Seidenschals, teuren Klamotten und Eau de Toilette von Calvin Klein.

Ich verzichtete darauf, ihre Bemerkung, ich sei der, der ihr alles zeigen solle, zu kommentieren. Ich überließ es Nevada, die Sache richtig zu stellen. Sie war ja erst an diesem Morgen in Roundelay angekommen.

Ich wollte Alex anrufen, bevor er ins Theater ging, und sah auf meine Uhr. Es war schon fünf. Sie bemerkte meinen Blick.

»Hast du eine Verabredung?«

»Nein. Aber meine Mutter wird sich fragen, wo ich bleibe. Ich bin mittags zum Strand gefahren.«

»Mit dem Mädchen, das dir Steine nachwirft?«

»Ja.«

»Pffft! Ist sie deine Freundin?«

»Nein. Eine Bekannte.«

»Eine ziemlich aggressive Bekannte.«

Sie nahm ein blaues Herrenhemd vom Haken und hielt es mir hin. Auf der Brust prangten gelbe und weiße Blumen.

»Das würde dir passen, nicht?«

»Ich denke, ja. Aber ich würde es nicht tragen.«

»Klar würdest du es tragen. Oder?«

»Nein ... Ich will nicht, dass du mir was kaufst.«

»Du glaubst, ich würde dir das kaufen?«

»Ich weiß nicht, was du vorhast.«

»Ich weiß nicht einmal, wer du bist.« Sie lachte. »Du gefällst mir nicht schlecht, aber ich geh doch nicht hin und kauf jemandem Hemden, den ich nicht kenne.«

»Das habe ich auch nicht angenommen.«

»Doch, du hast geglaubt, ich kauf es für dich. Ich weiß es genau.«

Sie hatte Recht.

Ich kam mir ziemlich dumm vor, aber ich sagte nur achselzuckend: »Du hättest es ja sowieso nicht bezahlt, sondern Onkel Ben.«

»Magst du ihn, Lang?« Sie winkte einem Angestellten und reichte ihm das Hemd mit der Visakarte.

»Er ist der Arbeitgeber meiner Mutter.«

»Du magst ihn also nicht.«

»Ich kenne ihn nicht.«

»Magst du seine Musik?«

»Und wie!«

»Können Sie das für mich verschicken?«, fragte sie den Angestellten.

»Selbstverständlich«, sagte er.

Sie schrieb die Adresse, während sie sich mit mir unterhielt. »Was denkst du über Cali?«

»Ich weiß nicht viel über sie. Du?«

»Im Gästezimmer hängt ein Bild von beiden. Es ist das einzige Bild von ihr in Roundelay. Es wirkt sehr steif. Komisch ist nur, dass sie aus der Nase blutet.«

»Soll das ein Witz sein?«

»Nein ... Und ich kann mir Onkel Ben überhaupt nicht als leidenschaftlichen Liebhaber vorstellen. Er ist immer so streng ... Und dieser Franklin – wie aus einem Wachsfigurenkabinett.«

Sie schob die Adresse über die Theke und der Angestellte meinte, für Übersee müsse er einen Zuschlag verrechnen.

»Okay!«, sagte sie strahlend.

Ich nahm an, dass der Beerenpflücker ein neues Hemd bekam. Ein Hemd für 320 Dollar. Ein Yohji-Yamamoto-Hemd.

## Zwölf

»Wie heißt sie?«, fragte Alex.

»Huguette Haun ... Deshalb konnte ich nicht früher anrufen. Bist du gerade im Weggehen?«

»Sozusagen. Huguette und weiter?«

»Haun.«

»H-a-u-n?«

»Ich nehme an, ja.«

»Huguette *Haun?*«

»Ja. Was ist los?«

»Weißt du, wer sie ist, Lang?«

»Sie ist die Tochter eines Freundes von Nevada. Sie nennt Nevada ›Onkel Ben‹.«

»Lang, hör mal, sie ist Calis Tochter.«

»Ich wusste gar nicht, dass sie eine Tochter hatte.«

»Cali heiratete einen Mann, der Leonard Haun hieß. Sie hatten ein Kind, eine Tochter. Mit der hast du gerade den Nachmittag verbracht.«

»Das ist das Mädchen, von dem ich dir erzählt habe. Nevada wollte, dass ich sie in diesem Sommer entertaine.«

»Du lieber Himmel, Lang! Und du hast abgelehnt.«

»Gestern hast du das noch richtig gefunden.«

»Ich wusste ja nicht, dass es die Tochter von Cali Coss ist!«

»Und wenn? Wo ist da der Unterschied?«

»Bist du nicht neugierig? Wie ist sie?«

»Ich dachte, du bist im Weggehen.«

»Bin ich auch. Wie ist sie?«

»Ich erkenne dich nicht wieder.«

»Ich erkenne dich nicht wieder. Bist du denn gar nicht neugierig?«

»Nicht auf das Privatleben von Stars, Alex.«

»Okay, vergiss es!«

»Du kannst sie dieses Wochenende kennen lernen.«

»Wirklich?«

»Ich denke schon.«

»Ich hätte nichts dagegen.«

»Ist es dir Ernst damit?«

»Warum gehen wir nicht mit ihr ins Kino? Ich muss laufen, Lang. Ich liebe dich.«

»Ich dich auch«, sagte ich, aber ich war sauer.

Während ich den Hörer auflegte, überlegte ich, wie ich die Kehrtwendung schaffen würde, Nevada zu erklären, dass Alex und ich sie beide an diesem Wochenende ausführen wollten. Würde er zustimmen … nur dieses eine Mal?

## Dreizehn

Meine Mutter war in heller Aufregung, weil sie fast nichts mehr von dem Bauernbrot hatte, das Nevada am liebsten aß. Was würde sie machen, wenn er gerade heute zu Mittag Sandwiches haben wollte?

Ich kannte die Farm, von der sie das Brot bekam. Daher schwang ich mich gegen sieben auf das Fahrrad, das zum Verwalterhäuschen gehörte, um ihr das Brot zu holen.

Beim Tor war der Range Rover geparkt. Die Rottweiler stürzten sich gerade auf ihre Nahrung. Neben ihnen stand Huguette in weißen Shorts und einem gelben T-Shirt und sah ihnen mit gerunzelter Stirn zu.

»Lang! Komm bitte mal her!«

»Fütterst du sie jetzt?«

»Ich versuch's mal. Der da will aber nicht fressen.«

»Das ist C. Der wartet immer, bis die anderen fertig sind.«

»Das ist also normal bei ihm? Was soll C bedeuten?«

Ich stieg vom Rad und erklärte ihr Nevadas Theorie, dass man etwas, an das man nicht sein Herz hängen will, keinen Namen gibt.

»Sie sind Wachhunde und sonst nichts«, sagte ich. »Stehst du immer so früh auf?«

»Das ist doch nicht früh. Ich war schon im Ort.«

»Was macht man so früh im Ort?« Vor neun war ja kaum was offen.

»Was geht dich das an? Erst glaubst du, ich kaufe dir ein Hemd und dann willst du auch noch wissen, was ich alles zu tun habe«, sagte sie lachend. Sie machte sich wohl gerne über andere lustig.

»Und jetzt will ich auch noch wissen, ob du am Sonntagabend ins Kino gehen willst?«, fragte ich schnell.

»Oh, wirklich? Warum jetzt auf einmal? Onkel Ben hatte den Eindruck, dass du was anderes zu tun hast als mit mir herumzuziehen.«

»Wir könnten dich mitnehmen.«

»Wir? Du meinst die Steinschleuder und du?«

»Nein, ich meine einen Freund.«

»Und welchen Film?«

»Weiß ich noch nicht.«

»Du willst mich also wirklich mitnehmen?«

»Ja.«

»Wie kommen wir hin, auf deinem Rad?«

»Das ist das Rad von deinem Onkel Ben.«

»Wie kommen wir also hin? Soll ich mich auf die Lenkstange setzen?«

»Warum ist es so wichtig, wie wir hinkommen?«

»Onkel Ben hat gemeint, vielleicht ist es dir peinlich, dass du kein Auto hast, um mich herumzufahren.«

»Onkel Ben weiß vielleicht nicht, dass man von hier zu Fuß in die Stadt gehen kann.«

»Oder Franklin fährt uns hin.«

»Oder Franklin fährt uns hin.«

»Gut, ich mach mit.«

»Welche Art Film magst du?«

»Ich mag keine Knallerei und kein Blut fließen sehen.«

»Magst du komische Filme?«

»Manche schon ... Sieh mal an! C frisst jetzt!«

Ich stieg wieder aufs Rad. »Dann ist ja alles klar ... Sieh dir morgen das Kinoprogramm in der Zeitung an und such dir einen Film aus.«

»Wo fährst du hin?«, fragte sie.

»Erst willst du mir ein Hemd kaufen und dann willst du wissen, was ich alles zu tun habe«, gab ich zurück. »Ich ruf dich morgen an.«

# Vierzehn

»Ich höre, du hast deine Meinung geändert, Lang.«

»Sie meinen, was Huguette angeht?«

Ich hatte ihn nicht kommen hören. Ich hackte gerade Holz und half dem Gärtner die alten Bäume wegzuräumen, die neben der Straße umgefallen waren. Nevada zahlte mir zwanzig Dollar die Stunde.

»Ihr wollt ins Kino gehen?«

Ich lehnte mich auf die Axt und wischte mir mit dem Handrücken über die Augenbrauen. Auf seiner Stirn war kein einziger Schweißtropfen. Er war wie immer ganz in Schwarz und von seinen Lippen hing wie immer eine *Gitane*.

»Ja. Mein Freund kommt mit.«

»Das hat sie gesagt. Wohnt er hier?«

Ich nannte ihm Alex' Name und sagte, dass er in Hamlet spiele. Er würde Samstagnacht kommen und Montag früh wieder fahren.

»Wie alt ist er?«

»Neunzehn.«

»Trinkt er?«

»Wir trinken beide nicht.«

»Du kannst den Aurora nehmen. Vielleicht wollt ihr nachher noch ausgehen.«

»Vielen Dank, Mr Nevada. Wir gehen lieber zu Fuß.«

Ich wollte ihm auf keinen Fall etwas schuldig sein. Er sollte auch nicht denken, dass ich jetzt doch auf seinen »Deal« einging, den er mir am Montag vorgeschlagen hatte.

Er griff in seine Tasche. »Wenn ihr zu Fuß geht, könntet ihr in der *Palme* etwas essen. Etwas weiter unten in der Straße nach den Kinos. Die *Palme* ist berühmt für ihre Steaks und Hummer.« Er zog eine Brieftasche heraus.

Ich schüttelte den Kopf. »Das geht auf unsere Rechnung«, sagte ich. »Soll ja nicht zur Regel werden. Nur dieses eine Mal.«

»Das wird eine teure Rechnung.«

»Ich hab mir gedacht, wir gehen hinterher zu uns nach Hause. Ich könnte auf dem Heimweg eine Pizza kaufen. Sie will sicher unsere Küche kennen lernen.«

»Pizza haben sie auch in Frankreich. Selbst in der tiefsten Provinz«, sagte er. »Ich glaube, sie würde gerne ausgehen.« Er zog mehrere Hundertdollarscheine aus der Brieftasche. »Nur dieses eine Mal.« Er hielt mir das Geld hin.

»Nein, danke. Wir können auch beim Chinesen was holen.«

»Oder Lucy macht euch ein kleines Abendessen.«

»Meine Mutter hat am Sonntag frei«, sagte ich.

»Na gut ... Du willst dir absolut nicht helfen lassen, stimmt's?«

»Ich dachte, es ist lustiger für sie, wenn wir das machen, was wir normalerweise machen.«

»Ihr werdet nicht viel Platz haben, zu dritt mit deiner Mutter.«

»Meine Mutter ist verabredet«, sagte ich. Er machte ein ebenso überraschtes Gesicht wie ich, als sie es mir gesagt hatte. Aber dann hatte sie mit der Hand gewedelt, als wollte sie eine Fliege vertreiben und gemurmelt, nein, es sei nicht das, was ich dächte. Bisher war sie nur zur Presbyterianer-Kirche an der Main Street gegangen. Vielleicht traf sie da eine Bekannte, vielleicht mehrere. Vielleicht ging sie jetzt mit mehreren aus. Ich konnte mir nicht vorstellen, dass sie mit einem Mann verabredet war. Noch nicht. Sie hatte sich gerade von einem verabschiedet und behauptete, sie geriete immer an Mister Nichtsoganz anstatt Mister Hundertprozentig.

»Ich bin heute Abend auch zum Essen eingeladen. Weil ich

im Moment alte Bekanntschaften auffrischen will, die ich Huguette vorzustellen gedenke. Also kommt es mir ganz gelegen, dass ihr ins Kino geht.«

»Aber nur einmal.«

»Ich habe verstanden ... Ihr könnt auch nach Roundelay raufkommen, wenn ihr wollt. Aber bitte nur bis halb zwölf.«

Alex würde ausflippen. Das Angebot konnte ich nicht ablehnen.

»Danke«, sagte ich. »Machen wir vielleicht.« Machen wir sicher, dachte ich.

Ich wollte die Axt aufheben, da sagte er: »Noch etwas, Lang.«

»Ja, Sir?«

»Ich weiß, was Huguette vorhat.« Er sprach ihren Namen so aus, dass Huguette wieder sagen würde: You get nothing. »Sie hat das Hundefüttern übernommen, damit sie am frühen Morgen das Haus verlassen kann. Sie fährt danach in den Ort. Um ihn anzurufen, nehme ich an.«

Mir fiel das 320-Dollar-Hemd ein.

»Keine Ahnung«, sagte ich nur.

Er zog intensiv an seiner Zigarette und blickte zurück auf Roundelay. »Ich kann nur kontrollieren, was *hier* vor sich geht. Ich habe ihren Pass. Aber wenn du irgendetwas hörst und siehst, würde ich die Information zu schätzen wissen.«

»Ich werde sie nur an diesem Sonntagabend sehen«, meinte ich trocken.

»Ich habe dich verstanden«, erwiderte er, »und du mich.«

## Fünfzehn

Nach einem lausigen Film mit Al Pacino und viel Knallerei gingen wir die Straße runter zu Sams Pizzeria. Nevada hatte Recht gehabt. Pizza gab es in ganz Frankreich, sogar in der tiefsten Provinz. Pizza sei ihr Lieblingsessen, sagte sie.

»Entweder stimmt das«, sagte Alex, »oder sie nimmt Rücksicht auf uns. Pizza ist das einzig Billige in dieser Stadt!«

Sie war zur Toilette gegangen. Wir saßen einander gegenüber und zwinkerten uns vergnügt zu. Alex trug den blauen Blazer mit den goldenen Knöpfen, den er angehabt hatte, als ich ihn zum ersten Mal bei *Barnes & Noble* gesehen hatte.

Ich beugte mich vor. »Ich liebe dich, Spartakus«, sagte ich weich. Es war ein Satz, den Tony Curtis in einem alten Film zu Kirk Douglas sagte. Und den ich manchmal zu Alex sagte, wenn wir in einem Lokal saßen. Dabei rieb ich unter dem Tisch meinen Fuß an seinem Knöchel und ließ meine Augen über sein Gesicht wandern ... Das waren unsere geheimen Spiele.

»Ich dachte, sie kann Filme, in denen geballert wird, nicht leiden«, sagte Alex.

»In denen geballert wird und Blut fließt. Sie hat ihn ausgesucht.«

»Aber du wusstest, dass Al Pacino mitspielt. Da hättest du dir denken können, was für eine Art Film das ist.«

Sie kam zurück.

»So eine Knallerei und jede Menge Blut! *Merde!* Was für ein Film!«

Sie setzte sich neben Alex. »Das ist eine Seite an Amerika, die mir zuwider ist. Dass man sich hier nie sicher fühlen kann. Man kann ständig überfallen, erstochen – und anderes werden.«

»Kennst du den Witz über den Mann, der seine Frau erwürgt hat?«, fragte Alex.

»Nein«, sagte sie.

»›Herr Richter‹, sagt der Angeklagte, ›ich habe meine Frau geamselt!‹ – ›Sie meinen wohl gevögelt?‹, sagt der Richter. – ›Nein, Herr Richter, erdrosselt!‹«

»Du!«, sagte Huguette.

Schauspieler brauchen Text, den sie sprechen können. Auch Alex brauchte seine Komödienschablone oder er nahm Zuflucht zu Rätseln und Wortspielen. Er war weder ein genialer Witzbold noch jemand, der sich mit Smalltalk zufrieden gab. Alex war ein ernsthafter Mensch. Das mochte ich an ihm.

»Was meinst du mit ›du‹?«

»Du und deine Krakauer!«

»Kalauer«, verbesserte ich sie.

Auf dem Weg ins Kino hatte uns Huguette erzählt, Nevadas Französisch sei so schlecht, dass sie ihn gebeten habe, bitte Englisch mit ihr zu sprechen. Obwohl Französisch ihre erste Sprache war, sprach sie auch Englisch fließend und stolperte nur manchmal über gewisse Ausdrücke wie *Kalauer* oder *Geld wie Stroh* anstatt *Geld wie Heu.*

Wir bestellten Pizza und Caesar-Salat und Alex versuchte alle möglichen Tricks, um Eindruck auf sie zu machen. Zuerst analysierte er ihre Handschrift, eine Fertigkeit, die er von einem Schauspieler gelernt hatte, der neben anderen Jobs als Dr. Scribe bei Partys auftrat. Und dann kam er ihr mit der Astrologie. Wie viele seiner Schauspielerkollegen glaubte er an die Sterne und war abergläubisch und fasziniert von allem, was okkult war. Zu meinem Geburtstag hatte er mir mein Horoskop versprochen. Es sollte von einer Frau gemacht werden, die der Darsteller des Hamlet für eine Prophetin hielt.

Huguette war im Zeichen des Skorpions geboren, für Alex das erotischste aller Tierkreiszeichen.

»Das hilft mir hier eine Menge«, meinte sie. »Weißt du, unter welchem Zeichen ich jetzt gerne wäre?«

»Welchem?«, fragte Alex.

»Dem von Aniane.«

»Uh-uh. Etwa Heimweh?«

»Ihr wisst ja wohl beide, warum ich hier bin, oder?«

»Ja«, sagte ich.

»Damit wäre das Eis zerbrochen.«

»Gebrochen«, sagte ich.

»Also kann ich über ihn reden.«

»Klar.«

## Sechzehn

Bevor wir aufbrachen, zeigte sie uns ein Schwarzweißfoto von Martin Le Vec, der ein Double von Leonardo DiCaprio hätte sein können.

Auf dem Heimweg nach Roundelay erklärte sie uns, dass seine Haare die Farbe der gelbbraunen Terrakottaziegel habe, mit denen alle Dächer der Moyenne Vallée de l'Hérault gedeckt seien, und dass seine Augen graublau wie getrockneter Lavendel seien.

Alex zwinkerte mir zu und verdrehte die Augen. Er konnte sich kaum halten vor Vergnügen, während sie redete und redete und nicht aufhören wollte, von Martin zu schwärmen. Sie sagte näselnd Mar*ten*.

Er arbeitete auf einem *mas*, einem Gut an der Straße zwischen Aniane und Gignac.

»Als Beerenpflücker?«

Sie funkelte mich wütend an. »Er macht alles! Er ist dort der Chef.«

Er sei siebzehn und einsdreiundachtzig groß. »Nicht zu reden davon, wie sexy er ist«, sagte sie.

»Bitte, rede. Wir wollen es wissen«, ermunterte sie Alex.

»Nein! Das sage ich euch *nicht!*«

Die Rottweiler bellten wie verrückt.

Das Tor öffnete sich und die Lampen an der Auffahrt gingen an.

»Wie funktioniert das?«

»Franklin muss uns gesehen haben«, sagte sie. »Jetzt, wo wir hier sind, kann er gehen. Ich habe zu Onkel Ben gesagt, wir brauchen keinen Aufpasser.«

»Würde ich auch sagen«, sagte Alex, »nach allem, was du uns über deine Gefühle für Martin erzählt hast.«

»Und jetzt«, sagte sie, als wir die Auffahrt zum Haus hinaufgingen, »erzählt *ihr* mir was über *eure* Gefühle!«

Obwohl es draußen schon dunkel war, sorgten die sanften gelben und hellgrünen Farben in dem riesigen Salon dafür, dass er wie sonnendurchflutet wirkte.

Während sie mit Alex' Hilfe ein paar CDs aussuchte, sah ich mich um und zählte fünf Sofas, zehn Stühle, sechs Sitzbänke und vier baumgroße Topfpflanzen – alles in einem Raum. Und er wirkte nicht ein bisschen überfüllt.

An der hinteren Wand hing neben dem offenen Kamin aus Marmor ein Porträt von Nevada, ein Brustbild von ihm in jüngeren Jahren, auf dem er ein Hemd trug, das genauso blau wie seine Augen war. Man konnte glauben, er käme geradewegs aus dem alten Film *Stürmische Höhen* – wie Heathcliff frisch aus dem Moor, dunkel und voller Zorn.

Durch breite Glastüren gelangte man auf die Terrasse, auf der ich vor sechs Tagen mit Nevada gegessen hatte. Ich hörte in der Ferne den Ozean rauschen.

In der Mitte des Raumes stand ein großer runder Tisch, auf dem ein gelbes Tischtuch und Stöße von Büchern lagen.

Während eine alte *Smashing Pumpkins*-Platte lief, blätterten wir in den Büchern, die meisten waren Bildbände der teuren Sorte. In einem Buch war der Schiefe Turm von Pisa abgebildet. »Dies ist der Turm von Pisa, den ich so schief noch nie sah«, blödelte Alex.

»Keine Krakauer mehr!«, sagte Huguette. »Ich will was über euch hören!«

»Ich glaube an Pheromone«, sagte Alex.

»Was ist das?«

»Das, was bewirkt, dass du z. B. deinen Martin liebst. Wir alle geben ständig solche Wirkstoffe ab, die auf den, der darauf reagiert, unwiderstehlich wirken.«

Ich wusste, woher er das hatte. Das Stück hieß *You Made Me Love You*. Bevor Alex die Rollen in *Hamlet* bekam, hatte er sich um den Wissenschaftler in diesem Stück beworben, eine kleinere Sprechrolle. Dieses junge Genie entdeckt ein Verfahren, jenes Pheromon zu produzieren, mit dem ein reicher Scheich ein schönes, junges Mädchen dazu bringt, ihn zu heiraten.

»Was wir Liebe nennen«, sagte Alex, der nie einen Text vergaß, den er einmal auswendig gelernt hatte, »ist das Werk der Pheromone, die zwischen zwei Menschen eine unwiderstehliche chemische Verbindung schaffen. Es ist eine Anziehungskraft wie zwischen einem Nagel und einem Magneten.«

»Pheromone?«, fragte Huguette. »Hab ich noch nie gehört.«

»Vor einiger Zeit«, erzählte Alex, »war ich bei *Barnes & Noble*. Dem Buchladen an der Ecke 22nd Street und Sixth Avenue.«

Ich spürte, wie sich mein Magen umdrehte.

»Ich war da, um eine alte Aufnahme von Chet Baker zu hören.«

Ich versuchte ihm einen warnenden Blick zuzuwerfen, aber er wich meinem Blick aus. Wir hatten nicht darüber gesprochen, aber ich hatte eigentlich gedacht, er würde so vernünftig sein, über uns Stillschweigen zu bewahren. Wir wollten ja nur diesen einen Abend mit ihr verbringen. Wozu also das Ganze?

Meine Mutter hat einmal gesagt, sich vor Fremden zu outen habe denselben Effekt wie auf einer Party ein Weinglas umzuwerfen. Man sorgt dafür, dass das Gespräch unterbrochen wird, man setzt eine Säuberungsaktion in Gang, man bekommt versichert, dass das jedem passieren hätte können, dass man keine Schuld habe – lauter Belanglosigkeiten, die man sich besser erspart.

Und dann sagte Alex: »Und sie war da, um sich das neue Album von George Michel anzuhören.«

»Sie?«, fragte Huguette. »Wer ist sie?«

»Lynn«, – so pflegte mich sein Vater zu nennen – »die große Liebe meines Lebens.«

Noch nie hatte ich gehört, wie Alex unsere erste Begegnung beschrieb. Und es machte mir nichts aus, dass er von mir in der dritten Person sprach und mir dabei ein anderes Geschlecht verpasste. In seiner Darstellung verwandelte sich die übliche Vertuschungstechnik in ein liebevolles Verwirrspiel. Und ich hörte aus seinem Ton, dass er es selber auch so empfand.

»Und wo ist sie jetzt?«, fragte Huguette, als er seine Geschichte beendet hatte.

»Sie lebt in New York.«

Wie oft hatte Alex geklagt, dass man in den Briefen nach Hause das Wörtchen er durch sie ersetzen musste. Dass man freundlich »Hallo!«, sagen musste, wenn jemand aus dem Zug stieg, den man eine Ewigkeit nicht gesehen und am liebsten stürmisch umarmt hätte. Dass man sich in einem überfüllten Raum nur heimlich viel sagende Blicke zuwerfen konnte. Dass man nicht erwähnen durfte, mit wem man den Abend verbracht hatte, während die anderen es durften. Dass so viele Ausreden, Listen, Ausflüchte und Lügen mit dem Schwulsein verbunden sind.

Er warf mir diesen gewissen Blick zu, der mir das Blut in die Adern schießen lässt.

Dann hörten wir ein Brummen von draußen und Huguette sah auf ihre Uhr. »Viertel nach elf. Ist das schon Onkel Ben?«

»Er hat doch gesagt, wir könnten bis halb zwölf bleiben!«

»Na, kommt schon!«, sagte sie und wir gingen mit ihr hinaus in die Eingangshalle, wo ein kleiner Monitor zeigte, was sich unten am Tor abspielte.

»Das ist der Aurora«, sagte Huguette, »dann ist es also Franklin. Aber was ist das? Er hat ja eine Frau bei sich.«

Ich hätte Franklin fast nicht wieder erkannt. Statt seinem üblichen dunklen Anzug trug er eine sportliche Jacke. Aber meine Mutter erkannte ich sofort. Franklin war aus dem eleganten weißen Auto ausgestiegen und machte ihr die Tür auf. Dann begleitete er sie den Weg hinunter zu unserem Häuschen.

»Er hat tatsächlich eine Frau bei sich!«, sagte Huguette. »Wo kommt die denn her?«

»Aus dem Verwalterhäuschen. Wo ich auch herkomme«, erklärte ich.

»Deine Mutter?«, fragte Alex. »War sie mit ihm verabredet?«

»Sieht so aus«, meinte ich. »Wir sollten jetzt auch gehen.«

»Jetzt, wo ich gerade *dich* verhören wollte, Lang!«

»Zu spät«, sagte ich.

Meine Mutter war schon schlafen gegangen, als wir unten ankamen.

Es gab zwei Schlafzimmer im Haus, meines und ihres.

Auf der Couch in dem kleinen Wohnzimmer war das Bett für Alex gemacht: ein Laken, eine Baumwolldecke und ein frisch bezogenes Kopfkissen. Wie am Abend vorher. Wie immer, wenn Alex zu Besuch kam. Ein stillschweigender Hinweis meiner Mutter, dass, egal wo wir den Sommer verbrachten, es sich um ihr Reich handelte und wir ihre Regeln zu befolgen hatten.

Alex lachte. »Nächste Woche Nyack!«

»Nyack?«

»Der zwanzigste Hochzeitstag meiner Eltern! Vergessen? Du hast mir versprochen mitzukommen.«

Er setzte sich hin und zog die Schuhe aus. »Huguette ist nett, finde ich«, sagte er. »Aber ich hätte lieber gehabt, sie hätte uns was von Cali anstatt von Mar*ten* erzählt. Vielleicht nächstes Mal.«

»Es wird kein nächstes Mal geben«, sagte ich.

»Wie willst du ihr aus dem Weg gehen? Sie ist den ganzen Sommer hier.«

»Einfach so«, sagte ich. »Ich habe die Verstellung satt, auch wenn mir deine Version von unserer ersten Begegnung sehr gefallen hat.«

»Alles, was ich gesagt habe, war mein voller Ernst, Lynn«, sagte er lachend und streckte die Arme aus.

Ich konnte lange nicht einschlafen. Der Anblick meiner Mutter Arm in Arm mit Franklin war ein Schock gewesen.

Ich wusste nicht einmal, ob Franklin sein Vorname oder sein Nachname war. Ich wusste nur, dass er mich an einen dieser arroganten Verkäufer in einem erstklassigen Herrenkleidergeschäft erinnerte. Oder an einen Leichenbestatter. Ich konnte mich nicht erinnern, ihn jemals lächeln gesehen zu haben.

Ich war noch immer wach, als die Rottweiler Nevadas Rückkehr meldeten.

## Siebzehn

Ich wartete bis Montagnachmittag, als Alex in seinem Bus nach New York saß.

Dann fragte ich sie: »Seit wann gehst du mit Franklin aus?«

»Seit gestern Abend. Wir sind nur essen gegangen – und das ziemlich spät wegen dir, Alex und Huguette.«

»Ü-guette«, sagte ich. »Wenn du sie Ju-gette nennst, you get nothing.«

»Wir mussten warten, bis ihr wieder in Roundelay wart.«

»Warum hast du mir nicht gesagt, dass du mit ihm ausgehst?«

»Sieh mal in den Spiegel. Dann weißt du die Antwort.«

»Na ja, ich bin nicht gerade begeistert, das stimmt. Verdammt noch mal, Mom, er ist steif wie ein Stock.«

»Er ist etwas hölzern, das ist wahr, aber sonst ist er nett.«

»Ist mir ein bisschen unverständlich, du und Franklin.«

»Ach, und du und Alex, das ist verständlich?«

Das saß. Ich murmelte irgendetwas vor mich hin, während sie mich daran erinnerte, dass sie erst siebenunddreißig, also noch nicht ganz tot sei, kein Keuschheitsgelübde abgelegt habe und es gut fände, neben unserem gemeinsamen Leben noch ein anderes zu führen.

Sie war noch voll in Fahrt, als es an die Tür klopfte. Draußen stand Huguette in einer engen, grauen Trainingshose und einem kurzen weißen T-Shirt. Es war offensichtlich, dass sie beim Sonnenbaden etwas anderes angehabt hatte. Über der Taille war ein Streifen weißer Haut.

»Kannst du mir einen Gefallen tun?«, fragte sie.

»Um was geht's?«

»Kannst du mich in den Ort fahren?«

Ich machte die Tür auf, aber sie schüttelte den Kopf. »Ich komme nicht rein. Komm du lieber raus.«

Ich ging hinaus und wir standen in dem kleinen Vorgarten, wenige Meter von den Löwenzähnen und Schlangen entfernt.

»Und wie soll das weitergehen?«, fragte ich sie. »Ich meine, in Zukunft.«

»Onkel Ben will nicht, dass ich allein herumfahre. Außerdem weiß er nicht, ob mein französischer Führerschein in Amerika gültig ist.«

»Das ist die Frage. Er hat Recht. Das wollte ich dir schon neulich sagen. Du fährst ja auch in der Früh mit dem Range Rover herum.«

»Er hat's mir verboten. Er möchte, dass jemand mitfährt, der einen Führerschein hat.«

»Franklin.«

»Nein, Franklin ist Onkel Bens Spion.«

Ich sah den weißen Aurora unten beim Tor stehen.

»Ich soll also im Auto warten und die Beine hochlegen, während du deinen Mat*ten* in Frankreich anrufst.«

»Hast du was gegen Pheromone?« Sie streckte mir den Arm entgegen und schlenkerte mit den Autoschlüsseln.

»Na, mach schon, Lang! Hallo, Huguette. Ich bin Langs Mutter«, rief meine Mutter von der Tür her.

Es gefiel mir, dass Huguette »Hallo, *Mrs* Penner!« sagte. (Für Nevada war sie immer Lucy.) »Wäre es nicht für Sie eine große Hilfe, wenn Lang hier ein Auto benutzen kann?«

Wie viele Leute in New York konnte meine Mutter nicht Auto fahren.

»Eine sehr große Hilfe!«, stimmte meine Mutter zu.

»Das heißt aber nicht«, sagte ich zu Huguette, »dass ich jetzt dein Chauffeur bin.«

»Wieso glaubst du, dass ich dich als Chauffeur anstellen würde? Einen dicken Kopf wie dich!«

*»Dickkopf,* meinst du wohl!«, sagte ich und ging hinter ihr zum Aurora hinunter.

# Achtzehn

»Ich habe Cali nie gesehen«, sagte sie. »Eigentlich heiße ich Phoenix Haun. Und die Rochans nennen mich Huguette. Die sind meine Eltern, so wie Aniane mein Zuhause ist.«

Es war ihre Idee gewesen, mittags zu picknicken, wenn wir unterwegs waren. Wir blieben irgendwo stehen, sie breitete eine Decke aus und legte ein blauweiß kariertes Tuch auf den Boden. Und dann schlemmten wir: Käse, Pastete und Obst. Alles ihre Wahl. Ich hätte Thunfischbrötchen und Schaumrollen eingepackt.

»Onkel Ben sagt, dass Cali die Liebe seines Lebens war, aber dass sie nur vier Jahre mit ihm zusammen war. Traurig, nicht?«

An diesem Tag waren wir in einem Naturschutzgebiet gelandet, wo es Enten gab, die wahrscheinlich auch lieber Brotreste als Pastete gehabt hätten.

Sie watschelten um uns herum, während wir uns unterhielten. Im Fluss gab es noch mehr Enten und über uns in den Bäumen alle möglichen bunten Vögel. Leute schlenderten vorbei und fütterten die Enten, zeigten auf die Vögel und beobachteten sie durch ihre Ferngläser.

Ich weiß nicht mehr, wie sie auf das Thema Cali kam. Ich weiß nur, dass ich nicht damit angefangen hatte. Wir stellten uns keine verfänglichen Fragen, wir horchten einander nicht aus. Das war es, was ich an unserem Zusammensein mochte ... das und noch etwas: Auch mit Brittany hatte ich mich nicht so unsicher und gehemmt gefühlt wie manchmal, wenn ich mit Alex ausging. Stell dir einen Jungen und ein Mädchen auf einer Decke in der Sonne vor: Die ganze Welt wird freundlich lächeln. Setz zwei Schwule hin und das Lächeln wird schief, Augenbrauen werden in die Höhe gezogen und man hält den Atem an und wartet auf die erste hämische Bemerkung.

»Sag mal, warum hat deine Mutter am Ende von jedem Song immer ›Pain over‹ gesagt? Weißt du das?«, fragte ich.

»Nenn sie Cali, nicht meine Mutter. Meine Tante ist meine Mutter«, sagte Huguette. »Es war nicht ›Pain over‹, sondern ›Paint over it‹. Es ist aus einem Song von Onkel Ben, Calis Lieblingssong. Meine Mutter sagt, dass Onkel Ben ihn nicht mochte und nie freigegeben hat.«

»Was bedeuten die Worte?«

»Der richtige Titel ist *How to Refurbish a Chair or a Broken Heart* – Wie man einen Stuhl oder ein gebrochenes Herz repariert. Ich werde es dir einmal vorspielen. Onkel Ben hat es in Roundelay ... Es geht übrigens nicht um Cali.«

»Und worum geht es?«

»Ums Weitermachen, die Vergangenheit hinter sich lassen. Über die Kindheit: den Tod seiner Mutter, als er noch sehr klein war ... Er hat es für seinen Vater geschrieben.«

»Den Klavierbegleiter?«

»Ja. Das war Armand Nevada, ein brillanter Pianist. Klassische Musik, weißt du. Sehr gebildet, nicht wie Onkel Ben, der ein Zitatenbuch auswendig lernt, um mit seiner Belesenheit anzugeben. *Paint over it* war der erste Song von Onkel Ben, den er für seinen Vater geschrieben hat, aber der alte Mann konnte diesen Song nicht ausstehen. ›Sentimentale Rocksuppe‹ nannte er es. Meine Mutter sagt, Onkel Ben hat das fast umgebracht.«

»Er hat sich mit *Dad's Advice* gerächt.«

»Ja. Mit fast jedem Song danach eigentlich.«

»Der Alte hat Nevada wohl nie anerkannt, oder?«

»Es war auch schwer, Onkel Ben – so wie er damals war – zu akzeptieren. Oder Cali. Sie waren ja beide schwer drogenabhängig. Ich habe ihr Tagebuch in Aniane. Teil meiner Erbschaft.« Sie lachte verächtlich. »›Hasch geraucht und LSD genommen steht da als Eintragung für einen ganzen Tag. Am Ende ist sie dann in einer Entzugsklinik gelandet.«

»Wie viele andere.«

»Onkel Ben und Cali haben zu schnell Erfolg gehabt. Ich halte nicht viel von Erfolg – und du?«

»Ich konnte auf diesem Gebiet noch keine Erfahrungen sammeln.«

»Ich auch nicht. Will ich auch gar nicht. Erfolg bringt kein Glück. Für Martin ist Glück ein Weingarten, gutes Wetter und genügend Leute, die einem bei der Arbeit helfen.«

»Und deine Rolle dabei?«

»Alles mit ihm teilen.«

»Du willst dich also in Aniane zur Ruhe setzen?«

»Zur Ruhe setzen? Du kennst Aniane nicht. Und nicht Martin. Cali setzte sich zur Ruhe, als Leonard Haun sich ihrer annahm. Mutter sagt, natürlich hat Cali diesen kleinen Versicherungsbeamten mit einem Magengeschwür, dessen größte Freude eine Partie Bridge war, nie geliebt. Meinen biologischen Vater! Aber Cali sehnte sich verzweifelt nach Sicherheit.«

Sie sah plötzlich auf die Uhr. »*Mon dieu!* Sieh mal, wie spät es ist, Lang! Ich habe gesagt, dass ich um vier wieder da bin, um mit Onkel Ben Tennis zu spielen!«

Im Laufe der Woche waren unsere Ausflüge immer länger geworden. Wir hatten so viel zu reden.

Alex beklagte sich darüber, dass ich mehr Zeit mit ihr als mit ihm verbrachte. Manchmal kam ich zu spät nach Hause, um ihn anzurufen, bevor er ins Theater ging. Das war früher, bevor sie in mein Leben trat, nie passiert.

Nevada wartete schon auf uns, als wir nach Roundelay kamen. Er saß in seinem alten Ford unten beim Tor.

»Ich wollte losfahren um dich zu suchen, aber ich wusste nicht, wo!«, rief er aus dem Wagenfenster. »Es ist schon fünf, Huguette! Ich habe mir Sorgen gemacht!«

»Du weißt doch, dass ich mit Lang unterwegs war«, sagte sie. »Kein Grund zur Sorge also.«

»Fahr du hinauf«, sagte er zu ihr. »Ich muss kurz mit Lang reden.«

»Wir sehen uns morgen um zehn!«, sagte sie. Für achtzehn Uhr hatte ich eine Busfahrkarte nach New York gekauft. Es war das Wochenende, an dem ich mit Alex nach Nyack fahren musste.

Ich stieg aus und sie fuhr zum Haus hinauf.

Wenn Nevada da war, bellten die Rottweiler nie.

»Ist es okay für dich, Huguette herumzufahren?«

»Kein Problem«, sagte ich. »Es macht sogar Spaß.«

»Ruft sie von unterwegs noch immer den Le Vec an?«

»Ich weiß von keinen Anrufen.« Das stimmte. Für diese eine Woche jedenfalls. Und er hatte mich ja nicht danach gefragt, ob sie für ihn Geschenke eingekauft hatte – wie z.B. eine Brieftasche von Gucci und eine CD von Whitney Houston. (»Kann Martin überhaupt Englisch?«, hatte ich sie gefragt und sie hatte gemeint, für die Songs würde es reichen.)

»Am vierten Juli gibt es ein großes Fest in Montauk. Mit Feuerwerk, Rockbands und einem Überraschungsauftritt von Cog Wheeler, lauter so Sachen. Kennst du *The Failures*?«, fragte Nevada.

»Wer kennt die nicht? Am Tag danach treten sie im *Sob Story* auf.«

»Huguette hat noch nie einen amerikanischen vierten Juli erlebt. Ich glaube, das würde ihr Spaß machen.«

»Haben Sie vor mit ihr hinzufahren?«, fragte ich, obwohl ich wusste, dass er mich ködern wollte.

»Ich kann nicht zu solchen Veranstaltungen gehen. Meine Anwesenheit würde alles verderben.«

Ich wusste, was er meinte. Als Alex und ich das erste Mal ins Kino gingen, erlebten wir, wie Billy Joel, der mit seiner Tochter in der Schlange vor der Kasse stand, von den Leuten belästigt wurde – und die waren daran gewöhnt, Billy Joel zu begegnen. Ich konnte mir ausmalen, was passieren würde, wenn plötzlich Nevada hier auftauchen würde.

»Am dritten Juli habe ich Geburtstag. Alex wird in der Nacht kommen und bis Montag bleiben.«

»Ich könnte drei Karten besorgen«, sagte er.

»Wir haben schon etwas vor, Mr Nevada.« Wir hatten nichts vor. Aber weder mir noch Alex lag etwas an diesen Grunge-Bands aus Seattle, und ein Dreier war nicht gerade das, was uns als Geburtstagsfeier vorschwebte.

Nevada zündete sich eine *Gitane* an und sagte: »Du könntest natürlich den Aurora haben und ich würde dir alles, was ihr zu dritt ausgebt, bezahlen. Das ist kein schlechtes Angebot, Lang.«

»Ich habe Ihnen doch gesagt ...«

»Ja, hast du«, unterbrach er mich. »Aber du bist doch gern mit ihr zusammen.«

»Stimmt. Aber darum geht es nicht.«

»Hast du ihr reinen Wein eingeschenkt, Lang?«

»Nein.«

»Warum solltest du auch!«, sagte er wie meine Mutter.

»Warum sollte ich nicht?«, schoss ich zurück.

»Lang, Lang, hör mir mal zu. Ein kluger Mensch hat einmal gesagt: ›Jede Wahrheit hat zwei Seiten; es ist gut, beide anzusehen, bevor man sich auf eine stellt.‹«

Das hatte er wahrscheinlich aus seinem Zitatenbuch.

Ich hatte schnell die Antwort parat: »Jemand anderer hat mal geschrieben: ›Glaub meinen Lügen ohne zu fragen, dann kann ich dich vielleicht ertragen.‹«

Er kniff einen Moment die Augen zusammen, sah mich böse an und fauchte: »Ich war nicht viel älter als du, als ich das schrieb. Du bist ein unerträglicher Besserwisser, Penner!«

Er startete und brauste in seinem alten Ford durch das offene Tor davon.

Zum ersten Mal hatte er mich bei meinem Nachnamen genannt.

## Neunzehn

»Alex! Komm her!«

»Alex ist hier!«

»Hallo, Alex!«

Ungefähr dreißig Gäste waren zu der Party anlässlich des zwanzigsten Hochzeitstages von Alex' Eltern gekommen.

Wir fuhren mit einer Tante von Alex nach Nyack, die dort ihren Mann traf.

Mit *dort* meinte sie ein Pfefferkuchenhaus auf einem Hügel mit Blick auf den Hudson und einem Garten, in dem es von Familienmitgliedern nur so wimmelte.

Mir fiel ein Gedicht von Robert Frost ein, das ich in der achten Klasse auswendig gelernt hatte: Jemand fährt eine Straße entlang, die in einen Wald führt und sich dort gabelt, worauf er die weniger befahrene Straße wählt.

Dieser Wagemut gefiel mir und half mir in jenen dunklen Tagen, als ich begann mich so zu akzeptieren, wie ich war.

An diesem Sonntag schien es sich durchwegs um Leute zu handeln, die die stärker befahrene Straße gewählt hatten. Alex und ich waren wieder einmal das Außenseiterpaar. Für solche wie uns war kein Platz in der Arche.

Peter, der Zwillingsbruder von Alex, legte ihm den Arm um die Schulter und rief laut: »Onkel Henry? Mach ein Foto von mir und Alex!«

Ein Mann richtete die Kamera auf sie, während ich beiseite trat.

Dann packte Peter ein rothaariges Mädchen am Arm und platzierte es zwischen sich und Alex. »Onkel Henry?«, rief er bittend.

Onkel Henry kam der Bitte nach.

»Alex, das ist meine Freundin Tina Lopez!«

»Hallo, Tina. Das ist mein Freund Lang Penner. Peter? Du kennst Lang ja schon.«

»Hallo.« Peter sagte nie meinen Namen und sah mich nicht an, wenn er mich begrüßte.

»Hallo, Peter, hallo, Tina«, sagte ich.

Tina hatte auch einen Fotoapparat. »Alex und Peter? Stillhalten!«, rief sie.

»Tina«, sagte Onkel Henry, »machst du bitte ein Foto von mir und Alex und Peter?« Er reichte ihr den Apparat.

»Tina, lass Lang das Foto machen, dann bist du auch drauf«, meinte Peter.

Ich nahm Tinas Apparat und machte ein Foto.

»Alex«, rief eine Frauenstimme. »Komm mal her und sieh dir deinen Cousin an. Du hast Tommy nicht gesehen, seitdem er gehen kann!«

Ich schlenderte ziellos herum. Zuerst ging ich ins Haus auf die Toilette. Sie war voller Fotografien von Alex und Peter und Mr und Mrs Southgate in allen Stellungen, Jahreszeiten und Altersstufen.

Dann sah ich mir die Bücher in den Regalen an den Wänden an und blätterte in einer Nummer der *Time*. Schließlich kraulte ich die Katze, die auf dem Sofa schlief, und beobachtete eine Zeit lang die Partygäste vom Wohnzimmerfenster aus.

Dann ging ich hinaus in den Garten zum Grillplatz, wo der Vater von Alex mit allen Attributen eines Kochs werkte. Er hatte sogar eine große, weiße, pilzförmige Chefmütze auf.

Er war eine ältere, schwerere Ausgabe von Alex. Während er Koteletts grillte, wischte er sich immer wieder mit dem Handrücken über die Stirn.

»Ich dachte, du wärst in East Hampton, Lynn?«

Ich machte mir längst nicht mehr die Mühe, ihn zu korrigieren.

»Das bin ich auch, aber nicht die ganze Zeit.«

»Aha. Gut, wenn du dich nützlich machen willst, trag das Tablett mit den Koteletts herum.«

Ich ging von Paar zu Paar, bis ich zur Mutter von Alex kam, die mit einem Martini in einem Schaukelstuhl saß. Sie war eine gut aussehende Frau mit schwarzer Lockenfrisur und schon ziemlich beschwipst.

»Hallo, Lang. Ich dachte, du wärst diesen Sommer in East Hampton?«

»Das bin ich auch, aber nicht die ganze Zeit. Herzlichen Glückwunsch zum zwanzigsten Hochzeitstag!«

»Danke, danke. Wie geht es deiner Mutter?«

»Gut, danke.«

»Alex hat mir erzählt, dass sie für Ben Nevada arbeitet. Das dürfte nicht immer angenehm sein, aber was ist schon angenehm?«

»*Das* hier«, sagte eine Frau, die neben ihr saß. Sie hob ihr Glas, prostete Mrs Southgate zu und nippte an ihrem Martini.

»Wer ist das?«, fragte sie mit Blick auf mich.

»Lang Penner«, sagte Mrs Southgate.

»Penner?«, fragte die Frau. »Wer hat hier einen Penner geheiratet?«

»Er ist ein Freund von Alex«, erklärte Mrs Southgate.

»Sind Sie Schauspieler?«, fragte die Frau.

»Er ist nichts«, meinte Mrs Southgate. »Er geht noch auf die High-School, nicht, Lang?«

»Ja, Mrs Southgate.«

»In New York?«, fragte die Frau.

»Ja, richtig.«

»Alex ist ein wunderbarer Schauspieler!«, meinte die Frau.

»Ja, das ist er.«

»Peter ist mit seiner Freundin hier«, warf Mrs Southgate ein. »Ihr Vater ist ein bekannter Filmregisseur: José Lopez.«

»Kennst du Peter?«, fragte mich die Frau.

»Ja, ich kenne ihn.«

»José Lopez hat was mit der neuen Unterhaltungsserie *Sun Fun* zu tun«, sagte Mrs Southgate.

»Ich seh mir keine Serien an«, meinte die Frau.

»Ich auch nicht«, sagte ich.

»Ich bin *Dorothy* Southgate«, sagte die Frau und stand auf. »Eine Tante von Alex.«

»Habe ich euch nicht vorgestellt?«, fragte Mrs Southgate. »Ich dachte, ich hätte es getan.«

»Ich schau mal, wo meine Tochter ist«, sagte Dorothy Southgate.

»Hat sie das Baby mit?«, fragte Mrs Southgate.

»Nein, sie hat es beim Babysitter gelassen«, sagte Dorothy Southgate und wandte uns den Rücken zu.

Mrs Southgate sah ihr nach.

»Gott sei Dank habe ich Peter!«, sagte Mrs Southgate. »Wenn ich denke, ich müsste mein Leben ohne Enkelkinder verbringen, würde ich das sprichwörtliche Handtuch werfen. Du bist ein Einzelkind, Lang, nicht wahr?«

»Ja. Es gibt leider nur mich.«

»Was fühlt deine Mutter bei dem Gedanken?«

»Bei welchem Gedanken?«

»Was fühlt sie bei dem Gedanken, dass sie nie Enkelkinder haben wird?«

»Das haben wir noch nicht besprochen, Mrs Southgate.«

»Solltet ihr darauf zu sprechen kommen, dann deck dich mit Kleenex ein – sie wird es nötig haben.« Sie trank einen großen Schluck. Keiner der Gäste machte Anstalten, uns Gesellschaft zu leisten. Alex hatte mir erzählt, dass alle einen großen Bogen um sie machten, wenn sie zu viel gebechert hatte.

Mrs Southgate stellte den Martini auf ihre Knie und beschrieb mit der rechten Hand einen großen Kreis. »Darum geht es im Leben, Lang: Geburtstage, Enkelkinder, Familientreffen …«

»... und Stolichnaya mit einem Schuss Wermut, nicht, Mom?«, hörte ich Alex' Stimme hinter ihrem Rücken.

»Das auch«, sagte sie. »Hol mir eine Zigarette, Liebling. Ich hätte das Rauchen nicht so radikal aufgeben sollen. Zu enthaltsam soll man auch nicht sein. Aber gut, das ist nicht euer Problem.«

»Wir sind gleich wieder zurück«, sagte Alex.

Wir gingen den Weg hinunter zum Riff, von wo man eine gute Aussicht auf den Hudson hatte.

»Wie verkraftest du meine Familie?«

»Ich beiße mich durch.«

»Ich habe keine Lust, noch lange zu bleiben. Ein Cousin von mir fährt gleich nach New York zurück und kann uns mitnehmen.«

»Wie schade, jetzt, wo es gerade so lustig ist!«

»Ha, ha«, sagte er.

»Warum machst du so was, Alex? Warum schleppst du mich zu so was mit?«

»Peter bringt seine Freundinnen auch mit.«

»Und was machen wir, wenn Peter Kinder hat? Adoptieren wir dann arme Waisenkinder aus China?«

Ohne mir zu antworten sagte er: »Als ich Dad vorhin beim Grillen half, hat er die Gelegenheit ergriffen, um mir einen Vortrag über Aids zu halten. ›Ich erwähne das‹, sagte er, ›weil ich irgendwo gelesen habe, dass unter euch die Promiskuität wieder zunimmt.‹ Darauf ich: ›Jetzt triffst du Lang schon zum sechsten Mal, während Peter sich noch nie ein zweites Mal mit demselben Mädchen gezeigt hat. Also halte Peter deinen Vortrag über Safersex, nicht mir.‹ Darauf er: ›Warum vergleichst du dich immer mit Peter? Mit Peter hast du außer einer gewissen Ähnlichkeit gar nichts gemeinsam.‹ Darauf musste ich leider sagen: ›Aber ich bin wesentlich hübscher als er, findest du nicht?‹ – ›Hübsch ist genau das richtige Wort, Alex‹, sagte er, ›und jetzt denk mal drüber nach, was dir das gebracht hat – hübsch zu sein!‹«

»Warum vergleichst du dich wirklich immer mit Peter?«

»Weil er verdammt noch mal mein Zwillingsbruder ist!«

In der Ferne erblickten wir die lange, tief hängende Tappan-Zee-Brücke.

Ich erzählte ihm von Nevadas Angebot, uns Karten für die Festivitäten am vierten Juli zu besorgen.

»Ich versteh kein Wort von dem, was Cog Wheeler singt.«

»Ich hab mir schon gedacht, dass du nicht scharf drauf bist.«

»Es ist dein Geburtstagswochenende. Wir machen das, was du willst.«

»Ich will auch nicht.«

»Bist du sicher?«

»So will ich jedenfalls meinen Geburtstag nicht verbringen.«

»Na ja, ich kenne mich bei dir nicht mehr so genau aus.«

»Du kennst dich mit mir nicht mehr so genau aus?«

»Nein.«

»Was meinst du damit?«

»Deine Freundin. Du bist doch die ganze Zeit mit ihr zusammen.«

»Das stimmt nicht«, log ich.

»Weißt du, was sie gemacht hat? Sie hat mir einen Brief geschrieben und sich für letzten Sonntag bedankt.«

»Ja, sie hat mir gesagt, dass sie das tun will.«

»Sie hat ihn ans Theater geschickt.«

»Das habe ich ihr geraten, weil doch deine Post immer aus dem Kasten geklaut wird.«

»Ich fand ihn gestern Abend in der Garderobe.«

»Und?«

»Am Schluss schreibt sie, sie würde jetzt ›den Schlaf suchen, der des Grams verworr'n Gespinst entwirrte, und dann schreibt sie, ›wie es in *Macbeth* heißt!‹ ... Mein Gott!« Er schlug sich mit der flachen Hand an die Stirn.

»Sei nicht so streng! Sie wollte dich doch nur mit ihrem Shakespeare-Zitat beeindrucken!«

»Ich bin tief beeindruckt, wirklich!«, sagte Alex. »Sie hat den Titel genannt!«

»Na und?«

»Sie hat den Titel genannt, Lang! In einem Brief ans Theater!«

Es dauerte ein paar Sekunden, bis ich begriff.

Schauspieler glauben, dass es Unglück bringt, den Namen dieses Shakespearestücks in den Mund zu nehmen. Das gehört zu den Regeln des Theaters. Genauso wie man niemals einem Schauspieler Glück wünschen darf; man wünscht ihm stattdessen »Hals- und Beinbruch«.

Alex nahm das alles sehr ernst.

»Du meinst, man darf den Titel auch nicht schreiben?«

»Nein, nie. Man darf höchstens vom ›schottischen Stück‹ sprechen.«

»Wie soll Huguette das wissen?«

»Der Horatio hatte gestern einen argen Versprecher! Dabei macht Cal Gherin sonst nie Fehler! Und ich hatte im ersten Akt plötzlich Bauchweh!«

»Na, na, Alex. Jetzt spinnst du aber!«

»Irgendetwas an ihr ist mir nicht ganz geheuer.«

»Letzte Woche hast du gesagt, du findest sie nett.«

»Letzte Woche hast du gesagt, du willst dich nicht mehr länger verstellen. Hast du es ihr gesagt?«

»Noch nicht.«

»Hätte mich auch gewundert.«

»Werde ich aber tun.«

»Da bin ich aber gespannt.«

Damit ließ er mich stehen und ging weg. Ich wusste, dass er nicht nur wegen Huguette so aufgebracht war. Sondern auch wegen der Art, mit der seine Familie uns behandelte. Er war immer schlechter Laune nach einem Southgate-Meeting.

Bevor wir abfuhren, stellten sich alle auf dem Rasen für das Familienfoto auf.

»Würdest du bitte, Lynn?« Mr Southgate reichte mir seinen Apparat.

»Tina?«, rief Peter. »Komm her! Ich will dich dabei haben.«

»Schau, dass du alle im Bild hast!«, rief mir Mr Southgate zu.

»Ich kann dann ein Foto mit Lang machen«, meinte Dorothy Southgate.

»Lynn will nicht mit drauf sein«, sagte Mr Southgate.

»Lang!«, sagte Alex gereizt. »Lang, Dad! Warum kannst du dir das nicht merken!«

»Kümmer dich um deine Sachen!«, knurrte Mr Southgate.

»Sagen Sie ›Cheese‹«, rief ich.

»Brie!«, rief Mrs Southgate lachend.

Nun war kein Halten mehr.

»Roquefort!«, rief jemand.

»Camembert!«, schmetterte Peter.

»Gorgonzola!«, kreischte Tina.

»Port-Salut!«, brummte Mr Southgate.

Für die Rückfahrt nach New York mussten Alex und ich uns auf den Rücksitz eines grünen Geo zwängen.

Keiner von uns sagte ein Wort.

Ich dachte an die vielen Familienfotos, die überall im Haus von Alex' Eltern hingen. Dann dachte ich an Huguette und wie sie mir von dem Nevada-Cali-Porträt in ihrem Schlafzimmer erzählt hatte, auf dem Cali Nasenbluten hatte. Kürzlich hatte sie Nevada gefragt, was es bedeutete.

Er hatte geantwortet, es handle sich um eine Marotte des Künstlers und er sei wütend gewesen, als er das Bild zum ersten Mal gesehen hätte. Aber Cali mochte es. Cali brachte Nevada dazu, es zu behalten. Sie sagte, es sei ein »ehrliches« Bild. Kurz nachdem es fertig war, hatte sie Nevada verlassen.

Ich hatte Huguette gefragt, was es ihrer Meinung nach bedeutete.

»Wie soll *ich* das wissen?«, fragte sie. »Vielleicht hat der Künstler ihre Verzweiflung erkannt ... Das Komische ist, dass es das einzige Bild ist, auf dem ich ihr ähnlich sehe. Anfangs habe ich mich geärgert, dass ich es jeden Morgen, wenn ich aufwachte, vor der Nase hatte. Aber jetzt nicht mehr. Sie sieht so schön und so verletzlich aus.«

»Sie blutet ja auch aus der Nase. Da sieht jeder verletzlich aus.«

»Ich glaube, ich erinnere ihn sehr an sie. Wahrscheinlich denkt Onkel Ben, ich bin unglücklich, und will mir helfen. Wenn er ihr schon nicht helfen konnte. Indem er mich vor Martin bewahrt. So eine gehirnverbrannte Idee!«

»Hirnverbrannte Idee!«, sagte ich.

Ich hätte das gerne Alex erzählt, aber ich versuchte bereits Huguette in unseren Gesprächen nicht zu erwähnen. Ich wusste, dass Alex eifersüchtig auf sie war und auf alles, was mich mit Roundelay verband.

Als die Lichter der George-Washington-Brücke auftauchten, imitierte Alex Clark Gable mit seinem berühmten Satz in *Nicht gesellschaftsfähig*, wenn er zu Marilyn Monroe sagt: »Fahr auf den großen Stern da zu. Darunter ist der Highway und der bringt uns direkt nach Hause.«

Er ergriff meine Hand.

Von vorne ertönte die Stimme seines Cousins: »Humphrey Bogart, stimmt's?«

# Zwanzig

»Alles Gute zum Geburtstag!«, sagte meine Mutter. »Nick Ball hat angerufen, er lässt dir sagen, er ist bei Allie in Sag Harbor. Du sollst ihn anrufen.«

Ich hatte gerade geduscht. Huguette wartete unten beim Tor im Aurora auf mich. Es regnete in Strömen. Wir wollten in eine Matineevorstellung um ein Uhr gehen. Es war irgendein Film mit Julia Roberts.

»Gehst du heute mit Franklin aus?«

»Ja. Wir sehen uns die neue Show in der Guild Hall an. Und danach gehen wir essen. Wann kommt Alex?«

»Sehr spät«, sagte ich. »Nach der Vorstellung gibt es noch eine Besprechung mit dem ganzen Ensemble. Jemand nimmt ihn im Auto mit.«

»Dann wird er aber die Rottweiler aufwecken.«

»Möglich. Tut mir Leid.«

»Es wäre gut, wenn du ihn noch erreichst und ihm sagst, dass er bei der Abkürzung unten an der Straße aussteigt. Dann könnte er den hinteren Weg hochkommen, ohne die Hunde aufzuwecken.«

»Ich will's versuchen. Mom, wie läuft's mit dir und Franklin?«

»Ich hab ihn gern. Du würdest ihn auch gern haben, wenn du ihm eine Chance gäbest.«

»Chance für was? Mein Vater zu werden?«

»Schlimmer als der richtige könnte er gar nicht sein.«

Ich warf ihr eine Kusshand zu, schnappte mir einen Schirm und rannte aus der Tür.

Während ich durch den Regen lief, dachte ich an Nick. Er

hatte vor einer Woche angerufen, als ich gerade ins *Sob Story* fuhr und es eilig hatte. Er wolle mit mir reden, hatte er gesagt. An dem Abend erwartete Nevada aber Gäste zum Essen und meine Mutter half gerade Franklin das Essen in den Range Rover zu laden. Ich sagte Nick, ich würde ihn anrufen, wenn ich mehr Zeit hätte.

Wir bekamen Nevadas Gäste nie zu sehen. Huguette sagte, es seien hauptsächlich Musiker: Leute, die er von früher kannte. Die Matero-Zwillinge, die ihn begleitet hatten, Twist – solche Leute.

Die Abende verbrachte Huguette entweder mit diesen Gästen oder sie verkroch sich in ihr Zimmer und schrieb lange Briefe an Martin.

An den meisten Tagen war ich in und um Roundelay mit Gelegenheitsarbeiten beschäftigt. Es gab immer etwas zu tun und ich brauchte Geld für den Herbst. Im *Sob Story* arbeitete ich von fünf bis zehn und bekam elende sechs Dollar die Stunde.

Aber an manchen Tagen spielten Huguette und ich Tennis, gingen ins Kino oder fuhren nach Southhampton, Sag Harbor, Montauk und so weiter.

Ich erzählte Alex nicht, wie viel Zeit wir zusammen verbrachten. Er würde mir nur wieder zusetzen, ihr die Wahrheit über uns zu sagen. Das würde ich auch tun – wenn der richtige Moment gekommen war. Ich wollte es ihr auf keinen Fall so hinknallen wie damals Brittany.

Ich konnte mir denken, dass Nick mit mir darüber reden wollte. Darum hatte ich ihn nie zurückgerufen. Ich hatte absolut keine Lust, mit Nick darüber zu reden. Alex sagt zwar, wenn du durch dein Outing einen Freund verlierst, dann verlierst du keinen Freund. Aber so einfach war es auch wieder nicht. Ich kannte Nick seit ewigen Zeiten. Ich wollte ihn nicht auf diese Weise einem Test unterziehen. Ich hatte Angst, dass es zu einem großen Krach kommen könnte, den wir nie vergessen würden.

An diesem Nachmittag waren Huguettes erste Worte: »Ich muss Martin vor vier Uhr anrufen. Bei ihm ist es dann zehn Uhr abends. Seine Leute gehen früh schlafen und ich will sie nicht aufwecken.«

»Gegenüber vom Kino gibt es ein Telefon. Das peilen wir sofort an, wenn der Film aus ist.«

»Onkel Ben isst mittags bei seinem Agenten. Um vier holt er mich vor dem *Polo* ab. Ich kann das Auto auf dem Parkplatz hinter dem *Polo* stehen lassen. Es sei denn, Alex will damit nach Roundelay fahren, wenn er hier ankommt.«

»Er wird im Auto mitgenommen«, sagte ich.

Sie bedrängte mich nie wegen der Wochenenden und wollte nie wissen, was Alex und ich zusammen machten. Kein Wunder, wenn man die Möglichkeit hatte, mit Nevadas Leuten zusammen zu sein. Ich sah ja die Autos hinauffahren: einen Porsche, einen Lexus, einen SAAB, einen Mercedes. Ich hörte die Musik, die sie spielten, manchmal sogar live. An diesem Nachmittag nach unserer Matinee wollte Nevada sie zu einer kleinen Cocktailparty in Mick Jaggers Haus in Montauk mitnehmen. Nevada ging nie zu großen Partys. Er ging überhaupt sehr selten zu Partys und verließ ungern sein Haus. Aber in diesem Sommer machte er wegen Huguette mehrere Ausnahmen.

•••

Mittlerweile hatte ich mich schon daran gewöhnt, dass sich die Leute nach ihr umdrehten und sie anstarrten. Sie meinte, daran seien ihre Klamotten Schuld. Sie hätte bei weitem nicht so gut ausgesehen, bevor ihr Onkel Ben seine Visakarte gegeben hatte, erklärte sie mir. Die benutzte sie jetzt um zu shoppen, für Kosmetik und den Friseur.

Am bewussten Nachmittag hatte sie ein weißes T-Shirt und eine rosafarbene Jacke an, dazu rosafarbene Jeans aus Satin und schwarze hochhackige Schuhe. Ich mochte ihre

Art, sich anzuziehen, aber es musste noch etwas anderes sein, weshalb sie auffiel. Ihre Haltung, ihre Kultiviertheit – ich konnte es nicht genau sagen. Auch als wir im Kino saßen und darauf warteten, dass der Film anfing, sah ich, dass ein schräger Typ sie unter seiner Basketballmütze anstarrte. Zu allem Überfluss trug er auch noch eine Brille mit spiegelnden Gläsern. Er wandte sofort den Blick ab, als er merkte, dass ich auf ihn aufmerksam geworden war. Aber gleich darauf starrte er wieder in unsere Richtung.

Ich stieß sie an: »Du hast einen Fan.«

»Vielleicht ist er ein Reihenmörder.«

*»Serienmörder«,* sagte ich. »Er könnte ja auch beides sein, nicht?«

»O ja, bei meinem sprichwörtlichen Glück!«

Während des ganzen Films sah sie immer wieder auf ihre Uhr.

»Mach dir keine Sorgen«, flüsterte ich, »ich habe mich erkundigt. Um zwanzig nach drei sind wir draußen.«

Das hielt sie nicht davon ab, weiter auf die Uhr zu sehen.

Sie duftete wie eine dieser Modezeitschriften mit Parfumproben. Sie hatte mir mal gesagt, sie benutze Joop und ich hatte meine Mutter gefragt, ob sie sich mal Joop gekauft habe. Wer kann sich schon Joop leisten, hatte sie geantwortet.

Als wir aus dem Kino kamen, wurde sie fast von einem Infiniti überfahren, als sie vor mir über die Straße lief. Ich holte sie auf der anderen Seite vor dem *Polo* ein. Um die Ecke war das Telefonhäuschen.

Es hatte aufgehört zu regnen.

Ich sagte ihr, dass ich ins *The Grill* ginge, um Alex im Theater anzurufen beziehungsweise ihm ausrichten zu lassen, dass er sich nicht direkt beim Tor von Roundelay absetzen lassen sollte.

»Vielleicht können wir danach noch einen Kaffee zusammen trinken«, sagte Huguette. »Onkel Ben kommt immer zu spät und Martin wird sich kurz halten, wenn die ganze Familie um ihn herum ist. Wär doch nett, Lang.«

Alex hatte gerade Pause.

»Du wirst nicht begeistert sein«, fing er an, »und ich kann nicht lange reden, also geh bitte nicht gleich an die Decke, hm?«

*Hamlet* wurde an diesem Abend zum letzten Mal gespielt. Sie hatten es alle erst erfahren, als sie zur Matinee-Vorstellung gekommen waren.

Bevor ich sagen konnte, wie Leid mir das tat, sagte er: »Auf dem Cape spielen sie *Bus Stop* und der Hauptdarsteller ist gestern Nacht gegen einen Baum gefahren. Vielleicht könnte ich für ihn einspringen, Lang. Das wäre die Chance für mich. Ich fahr hin.«

»Wann?«

»Morgen früh. Tut mir Leid, aber ich muss.«

»Morgen?«

»Was glaubst du, wie ich mich fühle? Ich wollte doch zu deinem Geburtstag kommen! Das weißt du.«

»Was für ein verdammtes Pech!«

»Du kannst dich bei deiner Freundin bedanken, mein Lieber. Das schottische Stück! Erinnerst du dich? Du kannst ihr sagen, dass sie es geschafft hat. Unser Stück ist abgesetzt. Jetzt hat sie dich ganz für sich allein.« Er lachte gekünstelt.

»Wann seh ich dich also?«

»Bitte hör auf zu *jammern!* Ist ja nicht meine Schuld! Ich ruf dich heute Nacht an! Ich liebe dich!«

Er legte auf.

Ich stand vor dem *Polo* und war stocksauer. Es war nicht nur die Enttäuschung, ich ärgerte mich auch! Über die Stichelei, dass Huguette mich jetzt ganz für sich hätte, und über die Ermahnung nicht zu jammern. Ich weiß, dass ich manchmal zu jammern anfange. Daran musste Alex mich nicht erinnern. Andererseits – womit hatte ich verdient, meinen Geburtstag allein zu verbringen?

Ich musste nach Nevada Ausschau halten und sie warnen, wenn er früher kommen sollte. Er fragte mich immer wieder, ob sie telefonierte, wenn wir unterwegs waren, und ob sie viel über Martin spreche. Ich würde wieder lügen. So verbrachte ich den Sommer damit, alle anzulügen: Nevada über Huguette, Alex über die viele Zeit, die ich mit Huguette verbrachte, und Huguette über die Art der Beziehung mit Alex.

Ich starrte auf die Auslage des *Polo*.

Sie hatten so ziemlich alles, was es gibt, hineingepackt: Surfbretter, echten Sand, Muscheln, gestreifte Liegestühle, Schaufensterpuppen, die in teuren Klamotten auf Handtüchern sitzen und Karten spielen.

Ich wartete ... und wartete.

Endlich kam Huguette übers ganze Gesicht strahlend um die Ecke: »Tut mir Leid, dass es so lange gedauert hat. Jetzt bist du sicher sauer.«

»Nein, bin ich nicht.«

»Sag ruhig ja. Dann fühlst du dich besser.«

»Ich bin aber nicht sauer.«

»Du solltest mal dein Gesicht sehen.«

»Das hat nichts mit dir zu tun.«

»Immer versuchst du alles zu leugnen, Lang. Auch als du damals dachtest, ich würde dir ein Hemd kaufen, hast du es geleugnet, aber du hast es geglaubt!«

»Schon wieder das Hemd!«

»Möchtest du, dass ich dir eines kaufe? Ich werde dir eines zu deinem Geburtstag schenken.«

»Lass mich mit dem Hemd in Ruhe! *Vergiss* es!«

»Wenn ich dir aber irgendetwas schenken will?«

»Lass es lieber sein. Ich würde es dir sofort zurückgeben, weil ... ich sauer bin.«

Sie lachte und boxte mich in den Arm.

Ich hatte nicht vor ihr zu erzählen, dass Alex zum Cape hinauffahren musste, aber plötzlich tat ich es doch.

»O nein! Lang! Du bist an deinem Geburtstag allein?«

»Mein Geburtstag ist mir scheißegal!«

Es begann wieder zu regnen.

»Wie dumm, dass ich jetzt weg muss«, sagte sie, »vielleicht könntest du mit uns mitkommen.«

»Ich geh arbeiten«, sagte ich.

»An deinem Geburtstag?«

»Na und? Ein Geburtstag ist ein Tag wie alle anderen, verdammt noch mal!«

Der Range Rover rollte auf einen Parkplatz für Behinderte. Nevada saß am Steuer. Die drei Chow-Chows streckten die Köpfe aus dem Fenster, ihre schwarzen Zungen hingen ihnen aus den Mäulern.

»Oh, der kommt ja heute sogar pünktlich ... wie sagt man doch ...«

»Auf die Minute«, sagte ich. »Viel Spaß!«

Sie ergriff meine Hand und schob mir ein kleines Päckchen zwischen die Finger. »Ich hab's nicht vergessen«, sagte sie. »Alles Gute zum Geburtstag.«

Sie gab mir einen schnellen Kuss, winkte und rannte davon. Sie hatte Mühe, nicht ihre Sandalen zu verlieren, und der Regen prasselte auf sie herunter.

Ich stand im Eingang des *Polo* und machte das Geschenk auf. Plötzlich erhellten Blitze den Himmel.

Es war eine kleine blaue Tiffany-Schachtel.

Ich erinnerte mich an den Tag, als Brittany und ich im BMW ihrer Mutter an den Strand fuhren. Wir sprachen über *Frühstück bei Tiffany*, den Hit von *Deep Blue Soundso*. An diesem Tag begegnete ich Huguette zum ersten Mal ... und ich erinnerte mich, dass ich dachte, sie sähe wie die Schauspielerin in diesem Film aus, wie Audrey Hepburn.

All das schien vor langer Zeit passiert zu sein und nicht erst vor ein paar Wochen.

Ich nahm eine kleine goldene Schlüsselkette aus der Schachtel, an der ein solider goldener Ring befestigt war. An der Innenseite war etwas eingraviert.

*Paint over it*

Es war auch ein Kärtchen dabei, auf dem stand:

*Ich werde es dir bald vorspielen. Aber das hier soll dich an diesen Sommer erinnern und es ist ein guter Rat, auch wenn der Song nicht vollkommen ist. H.*

# Einundzwanzig

Das *Sob Story* gehörte Kevin McCaffery. Er fuhr ein beigefarbenes SAAB Cabrio. Auf der Nummerntafel stand SAB STORY. Außer den »brutzelnden Steaks« wurden alle Gerichte von einem Party-Service geliefert, fix und fertig, tiefgekühlt. Trotzdem stellte McCaffery jeden Tag mit viel Mühe die »Spezialitäten des Tages« zusammen:

* *Rinderschmorbraten nach Art des Hauses mit jungen Karotten, Zwiebeln und Kartoffeln*
* *Vom Chef frisch zubereitete Hühnerbrüstchen in pikanter Zitronensoße*

Und so weiter und so weiter.

Mein Job in der Küche bestand darin, die verschiedenen Fertiggerichte auf Tellern anzurichten, die Salate aus Plastiksäcken rauszuholen und mit Dressing zu überschütten, Kuchen- und Tortenstücke abzuschneiden und Eisbällchen auszustechen.

An diesem Wochenende waren wir wieder total voll. Wie immer an langen Wochenenden.

Aus diesem Grund war ich ziemlich überrascht, als McCaffery um neun Uhr in der Küche erschien und »Schluss für heute!« zu mir sagte.

»Nimm die Schürze ab und mach dich fertig.«

»Ist was nicht in Ordnung?«

»Wir müssen umdisponieren. Ben Nevada hat mich gerade angerufen. Er will hier morgen Abend eine private Party zu Ehren der *Failures* geben.«

»Seit wann haben wir am Sonntag offen?«

»Seit seinem Anruf. Ich fahr jetzt mit dir nach Roundelay, um die Details zu besprechen. Na, mach schon, Lang, du warst den ganzen Abend schon auf Zeitlupe. Was ist los mit dir?«

Ich hatte an Huguette denken müssen und an das Geschenk, das sie mir überreicht hatte. Das war total unerwartet gewesen.

Während wir durch den Regen nach Roundelay fuhren, erzählte McCaffery, dass sie gestern Abend 120 Essen serviert hatten und heute auch schon fast so weit waren. Er vermute, er habe mir für die Party zu danken, die Nevada bei ihm plane, und ich sagte ihm ehrlicherweise, dass ich zum ersten Mal von diesem Plan hörte. Ich wusste nicht einmal, dass Nevada irgendwas mit den *Failures* zu tun hatte.

Ich wusste nur – und das hatte Huguette mir erzählt –, dass in demselben Artikel, den Nevada in *Rolling Stone* über Cog Wheeler gelesen hatte, dieser dem Interviewer anvertraute, sein Song *Pop's Rap* sei eine Hommage an Nevada. Er habe sich von *Dad's Advice* inspirieren lassen. Es käme ihm ganz so vor, als sei Nevadas Vater ähnlich wie seiner. Und er habe seine Band *The Failures* genannt, weil sein Vater ihm einmal gesagt hätte, er und seine Freunde seien Versager.

*Pop's Rap* hatte ich nie gehört.

Von Cog Wheeler kannte ich nur einen einzigen Song, seinen Superhit *Heard About You.*

Jedes Mal, wenn man in diesem Sommer das Radio andrehte, hörte man diese dünne, schrille Stimme singen:

*Heard about you,*
*Heard you couldn't be true,*
*Heard you did it with Sue,*
*Heard about you,*
*We've all heard about you.*

Es ging um einen Typen, dessen Freundin ihm wegen einer Freundin den Laufpass gegeben hatte. Alex sagte dazu, er glaube nicht, dass ein Song über eine Frau, die ihren Freund an einen Freund verliert, zu einem Hit werden würde. Das Publikum würde sich dafür nicht begeistern.

Als wir an das Tor von Roundelay kamen, sagte ich: »Lassen Sie mich hier aussteigen.«

Die Rottweiler waren gut drauf, sodass McCaffery schreien musste, um sich Gehör zu verschaffen. »Lang, du kommst mit!«

»Er erwartet mich nicht.«

»Du stellst mich nur vor, okay?«

»Das wird er nicht wollen, Mr McCaffery.«

»Du stellst mich vor und dann kannst du gehen!«

Er wartete keine weiteren Proteste ab. Das Tor ging auf und wir fuhren durch.

Vor dem Haus standen ungefähr zwölf Autos.

»Da geh ich nicht rein«, sagte ich.

»Du arbeitest für mich von fünf bis zehn«, sagte McCaffery, »jetzt ist es erst zwanzig nach neun.«

Er parkte hinter einem Lexus und wir liefen durch den Regen zum Seiteneingang.

Hier wartete Nevada auf uns.

»Hallo, Penner.«

»Mr Nevada, das ist Kevin McCaffery.«

»Ich weiß, wer er ist«, knurrte er. »Hängt eure Mäntel hier auf den Kleiderständer.«

»Ich bleibe aber nicht hier«, sagte ich.

»Doch, Penner«, sagte er.

McCaffery hängte seinen Regenmantel auf und ich meine Jacke daneben.

»Kommt rein«, sagte Nevada.

Ich fragte mich, warum er Franklin freigegeben hatte, wenn er Gäste hatte.

Nachdem wir den langen Gang hinunter-, zwei Stufen hinauf- und einen anderen Gang wieder hinuntergegangen waren, betraten wir den Salon und da wusste ich, warum.

*»Happy Birthday!«*, riefen alle.

Ich war baff.

Während sie sangen, ließ ich meine Blicke durch den riesigen gelbgrünen Raum mit den fünf Sofas, zehn Stühlen, sechs Bänken und vier baumhohen Pflanzen wandern.

Einige Gäste kannte ich. Meine Mutter und Franklin. Nick Ball und Allie Perez. Und Huguette natürlich, die mit unterschlagenen Armen dastand und sich vor Lachen bog.

Ich wusste nicht, wer der Typ neben ihr war, aber ich hatte ihn schon mal gesehen. Die Red-Dog-Mütze hatte er hier nicht auf, wohl aber die Spiegelglas-Brille.

Als sie mit ihrem »Happy Birthday«-Chor fertig waren, nahm Huguette den Typen bei der Hand und führte ihn zu mir.

»Erinnerst du dich an den Serienmörder?«, fragte sie. »Lang, das ist Cog Wheeler.«

## Zweiundzwanzig

*The Failures* waren in voller Besetzung erschienen. Den Tross bildeten junge Mädchen mit langen Haaren, langen Beinen und kurzen Röcken. Abgesehen von Cog Wheeler zeichnete sich die Band durch den Grunge-Look von Seattle aus.

Er nicht. Ohne seine Mütze kam sein Markenzeichen, sein feuerroter, stacheliger Haarschopf, voll zur Geltung. Er trug keinen Schmuck, nur eine Uhr, ein kakifarbenes T-Shirt, schwarze Jeans und schwarze, hochgeschnürte Turnschuhe. Abgesehen von ein paar Pickeln am Hals sah er sauber und gesund aus. Seine Augen konnte ich hinter den dunklen Brillengläsern, in denen ich nur mich selbst sah, nicht erkennen. Er war größer als ich und sehr mager. Nachdem Huguette uns bekannt gemacht hatte, zog er sie fort.

Aus den Lautsprechern plärrte *Heard About You.*

Ich ging rüber zu meiner Mutter, die neben Franklin auf einem Sofa saß und sich offensichtlich unbehaglich fühlte. Ich beugte mich zu ihr hinunter und gab ihr einen Kuss. »Wessen Idee war das?«, flüsterte ich.

»Meine nicht, Schatz. Huguette hat das in letzter Minute organisiert, nachdem sie gehört hatte, dass Alex nicht kommen konnte. Ich habe ihr nur Nicks Nummer gegeben.«

Ich denke, Franklin hatte sich in diesem Raum noch nie hingesetzt. Er kam sich dementsprechend fehl am Platz vor.

Nach einer Weile stand er auf und ging hinaus. Kurz darauf kam er zurück und schob einen Teewagen mit einer riesigen Geburtstagstorte in den Salon.

Wieder sangen alle »Happy Birthday«, und bevor ich die

Torte anschnitt, sagte Allie Perez: »Jetzt musst du dir was wünschen!«

»Ich wünsche mir, dass alle unsere Wünsche in diesem Sommer in Erfüllung gehen!«, sagte ich.

»Das werden sie nun nicht tun«, meinte Nick lachend. »Du darfst doch nicht sagen, was du dir wünschst.«

Ich zerlegte die Torte und meine Mutter half Franklin die Teller herumzureichen.

Während Cog Wheeler zwei Teller für sich und Huguette holte, ging ich zu ihr.

»Ich würde gerne mit dir reden«, sagte ich.

»So rede mit mir!«, sagte sie lächelnd.

»Irgendwo, wo wir einen Moment allein sind.«

»Komm!« Sie nahm meine Hand und wir gingen durch den Salon in die Eingangshalle. Sie hatte ein ziemlich durchsichtiges, kurzes, schwarzes Kleid an und violette spitze Schuhe. Am linken war ein silbernes Kettchen befestigt.

»Danke für das hier«, sagte ich, »und danke für den Schlüsselanhänger.«

»Der soll dich an unsere Picknicks erinnern.«

»Oder daran, dass ich kein Auto besitze.«

»Du kannst jederzeit den Aurora nehmen.«

»Ich möchte nicht Nevadas Auto benutzen.«

»Warum blockst du gegen Onkel Ben so ab, Lang? Er mag dich. Er nennt dich Penner.«

»Ich weiß.« Sie duftete nach Joop.

Cog Wheeler beobachtete uns durch die offene Tür. »Mir scheint, ich hatte Recht«, sagte ich. »Du hast einen Verehrer.«

Sie sah über die Schulter zurück. »Er ist sehr begabt, nicht?«

»Findest du? Ich weiß nicht.«

»Natürlich ist er das, Lang! Er hat diese tollen Songs geschrieben.«

»Man versteht die Worte nicht, wenn er sie singt.«

»Doch, du musst nur zuhören.«

»›eard bout ew, eard you coulden ee ew‹«, imitierte ich ihn.

Sie lachte und zupfte an meinem Hemd. »Es passt dir nicht, dass er mir gefällt, stimmt's?«

Stimmt, dachte ich.

»Was ist mit Mar*ten*?«, fragte ich.

»Ach, du machst dir Sorgen um Martin, soso!«

»Was ist mit ihm?«

»Du machst dir gar keine Sorgen um ihn. Du willst nur nicht, dass mir hier noch jemand gefällt.«

»Meinst du?«, fragte ich und berührte mit der Fingerspitze ihren Arm. Durch den durchsichtigen Stoff sah ich ihre kleinen Brüste.

Unser Geplänkel gehörte zu den Dialogen, die nicht viel Sinn haben, auch nicht haben müssen. Später hat sie mir gestanden, dass sie schon zwei Gläser Champagner getrunken hatte, bevor ich gekommen war. Aber ich, der ich nie etwas trank, warum fühlte ich mich wie beschwipst?

So alberten wir noch eine Weile herum und plötzlich umarmte sie mich und presste ihre weichen, feuchten Lippen auf meine.

»He, was machst du da?«

»Eine Show für deine Freunde«, sagte sie.

Nick und Allie waren in die Halle gekommen und gingen zur Toilette. Sie sahen kurz her, blieben aber nicht stehen.

»Haben wir sie jetzt schockiert?«, fragte Huguette vergnügt.

»Wollen wir das?«

»Warum nicht? Es ist dein Geburtstag. Gehst du mit ihnen zur Schule?«

»Mit ihr. Er ist mein bester Freund.«

»Und Alex?«

»Alex kenne ich nicht so lange wie Nick.«

»Dann ist Alex also ein neuer Freund?«

»Huguette?« Cog Wheeler kam in die Halle. Er hatte die Sonnenbrille hochgeschoben und hielt mit braunen Augen Ausschau nach Huguette.

»Wenn du mich Jougette nennst«, sagte sie, *»you get nothing!«*

Das gefiel ihm. Er lachte, seine Augen glänzten, sein Haar war feuerrot.

»Wie wäre es, wenn wir uns wieder der Party zuwenden?«, fragte er sie.

»Meinst du mit Party dich?«, fragte sie.

Er hielt ihr seinen Arm hin und sie nahm ihn.

Ich sah ihr nach.

Die Toiletten in Roundelay waren so weiträumig wie Hoteltoiletten. Auf der einen Seite der Halle war die Damen- und gegenüber die Herrentoilette.

Ich hatte vergessen, dass Nick sie angepeilt hatte. Wir hatten bisher nur ein paar belanglose Sätze gewechselt. Auch jetzt hatte ich keine Lust, ernsthaft mit ihm zu reden, aber da stand er vor mir.

»Hallo, Nick.«

»Ich kann es nicht fassen, dass ich mit den *Failures* im selben Haus bin! Klasse ist das, Alter! Wie hast du das geschafft?«

»Ich bin genauso überrascht wie du.«

Er trocknete sich die Hände ab. Ich trat an das Pissoir und machte den Reißverschluss auf.

»Rufst du nicht mehr zurück, wenn man dich anruft, Lang?«

»Ich wollte dich morgen anrufen.« Ich spürte noch immer ihre Lippen auf meinem Mund und ich musste daran denken, wie warm ihr Atem an meinem Mund gewesen war.

Er kämmte seine Haare, obgleich sie glatt anlagen.

»War das ein Witz ... Was du Brittany erzählt hast?«

»Nein.«

»Sie war total aus dem Häuschen.«

»Wir haben keine feste Beziehung gehabt. Das habe ich ihr immer gesagt.«

»Und du und Alex, ihr habt eine?«

»Ja.«

»Und die Französin und du nicht?«

»Nein.«

»Das sah aber ganz anders aus.«

»Sie hat einen Freund in Frankreich.«

»Dem wünsch ich viel Glück.«

Ich zog den Reißverschluss zu und wusch mir die Hände. Ich war vorbereitet auf dieses Gespräch, aber jetzt konnte ich mich an nichts mehr erinnern, was ich hatte sagen wollen.

»Können wir morgen reden?«, fragte ich.

»Morgen muss ich nach Montauk. Reden wir jetzt. Wenn das, was meine Schwester mir erzählt hat, wirklich wahr ist, warum habe ich nichts davon gewusst?«

»Ich wollte es dir längst sagen.« Ich nahm ein Handtuch von dem Stapel neben dem Waschbecken.

»Mir ist wirklich egal, ob du schwul bist oder nicht, Lang, aber warum hast du mir nie etwas gesagt?«

»Es ist nicht so leicht, das jemandem zu erklären.«

»Bin ich nur *jemand?* Wir kennen uns verdammt noch mal schon ewig!«

»Ich weiß.«

Am liebsten hätte ich ihn einfach stehen lassen, wäre hinausgelaufen zu den anderen und hätte die eine Person gesucht, an der mir lag. Es war mir sogar egal, dass zwischen dem, was ich zu ihm sagte, und dem, was ich fühlte, ein Widerspruch bestand. Ich konnte die kleine blaue Tiffany-Schachtel in meiner Hosentasche spüren.

»Warum hast du mich angelogen?«, fragte Nick.

»Ich habe nie gelogen.«

»Manchmal lügt man, wenn man etwas nicht sagt, weißt du. Die Verstellung ist auch eine Lüge.«

»Okay«, sagte ich. »Ich habe gelogen. Tut mir Leid.«

»Und damit ist die Sache für dich erledigt?«

»Wir sehen uns ja nicht zum letzten Mal, oder?«

»Wieso bist du auf einmal sauer?«, fragte er. »Wenn jemand sauer sein könnte, dann ich! Wenn meine Schwester nicht damit herausgeplatzt wäre, hätte ich noch immer keine Ahnung. Du beantwortest meine Anrufe nicht und hüllst dich in Schweigen. Und dann sehe ich dich hier in der Halle dieses halb nackte Mädchen küssen! Und zwar wie! Habt ihr mir vielleicht Theater vorgespielt?«

Einer der Gitarrespieler kam polternd zur Tür herein.

»Das war kein Theater.«

»Sah auch nicht so aus.«

»Ich meine, kein Theater für dich.«

Ich wusste, dass ich sinnloses Zeug daherredete.

Der Gitarrist starrte sich im Spiegel an und sagte: »Zum Kotzen!«

Er trug eine schlottrige Hose an langen, dünnen Beinen, Lyle Lovett-Haare und einen tätowierten Drachen am Bizeps.

»He, du bist ja Lennie Allen«, sagte Nick zu ihm.

»Wirklich?«, kam die ausweichende Antwort. Er trug eines dieser schwarzen *Failures*-T-Shirts mit einem großen weißen Kreis auf der Brust, unter dem Zero stand.

»Du bist Spitze, Mann, wirklich Spitze!«, sagte Nick laut lachend.

Ich ging hinaus.

Ich konnte sie nicht finden.

Dann sah ich alle drei auf der Terrasse sitzen, unter einem Sonnenschirm im Regen. Cog Wheeler, Nevada und Huguette.

Ein kleines Mädchen mit Waschbäraugen und spindeldürren Beinen redete auf mich ein.

Sie fragte mich nach meinem Instrument und meinem Sternzeichen und welchen Song der *Failures* ich am liebsten hätte.

Sie fragte mich, wen ich da draußen auf der Terrasse so anstarrte.

# Dreiundzwanzig

Wir waren die Letzten.

*The Failures* waren mit ziemlichem Krach abgezogen. Auch Nick, Kevin McCaffery und die anderen waren weg. Meine Mutter war mit Franklin gegangen. Nevada hatte sich nach oben zurückgezogen.

Huguette saß neben mir auf einem grüngelb gestreiften Sofa und hatte ein Glas Champagner in der Hand. »Mein drittes«, sagte sie, »ich glaube, ich bin ziemlich beschwipst.«

»Wirklich?«

»Aber ich möchte, dass du dir jetzt *Paint Over It* anhörst. Ich habe alle Boxen bis auf diese eine abgestellt. Es ist der nächste Song.«

Während leise *Heart in My Mouth* lief, fiel mir wieder ein, wie sich Brittany damals am Strand hingesetzt und diesen Song gesungen hatte.

Ich versuchte nicht an Nick zu denken. Er war weggegangen ohne sich zu verabschieden.

»Hat dir deine Party gefallen?«, fragte Huguette.

»Ja. Danke noch mal.«

»Weißt du, wie Cog dich nennt? ›Wolke‹. Er sagt, wenn du in ein Zimmer kommst, ist es, wie wenn an einem strahlenden Badetag plötzlich eine dunkle Wolke aufzieht.«

»Cog sollte Clearasil benutzen.«

»Was ist das?«

»Eine Lotion gegen Pickel.«

Huguette legte den Kopf zurück und lachte. »Führst du etwa Krieg gegen ihn?«

»Er denkt, er kann jede Frau haben, die er will. Wie alle

diese Rocker. Die meisten Sachen in deinem Kühlschrank halten länger als ihre Beziehungen.«

»Wie lange dauern denn deine?«

Ich zuckte mit den Schultern.

»Hast du überhaupt eine?«

Ich antwortete nicht.

Jetzt war die Zeit gekommen, um ihr die Wahrheit zu sagen. Aber die Wahrheit war wie ein Windlicht in einer stürmischen, nebeligen Nacht: Einmal sieht man's, einmal sieht man's nicht.

»He, da ist es. Hör zu, Lang. Das ist Cali.«

Es ertönte eine weiche, hauchende Stimme voller Trauer und Schmerz. Weder schlecht noch gut.

*Paint over it.*
*Paint over it will*
*Never look like new again*
*Will never get you through again,*
*But you can still get use from it,*
*You can just get used to it,*
*Pick a darker color, too,*
*So nothing of the old comes through*
*Paint over it.*
*Paint over it.*
*Nothing of the old comes through,*
*Pick a darker Color, too,*
*Paint over it.*

»Sie ist nicht gerade toll«, sagte Huguette.

»Aber ich mag den Song.«

Wir saßen nebeneinander auf dem Sofa, während Nevada aus seinem riesigen Bild auf uns herabsah. Es waren nur noch wenige Lichter in dem großen Raum an. Der Regen rann an den Scheiben herunter. Von draußen hörte man das Dröhnen des Meeres.

Sie legte ihre Hand auf mein Knie. »Ich wollte, dass du es dir mit mir anhörst. Wenn ich wieder in Aniane bin und du mit deinen Autoschlüsseln klimperst«, sagte sie grinsend, »ohne ein Auto zu haben« – sie sah mich liebevoll an –, »wirst du dich daran erinnern, wie wir es hier in dieser ziemlich feuchten Nacht zum ersten Mal gehört haben.«

»An diese Nacht werde ich mich auf jeden Fall erinnern.«

»Ich auch, Lang. Wir sind Freunde geworden.«

»Vielleicht mehr.«

»Mehr als Freunde?«

»Mehr als nur Freunde.«

Sie schüttelte den Kopf »Freunde sein reicht.«

»Wirst du Cog wieder sehen?«, fragte ich.

»Natürlich.«

»Wirklich?«

»Natürlich. Onkel Ben gibt doch morgen die Party.«

»Ich dachte, das war nur ein Trick, um mich hierher zu locken.«

»Und übrigens, ich mag Cog wirklich.«

Einen Moment lang schwiegen wir.

Dann sagte sie: »Das macht dir doch nicht wirklich was aus, oder?«

»Ehrlich gesagt – doch.«

»Ehrlich gesagt, ich glaube nicht, dass es dir was ausmacht. Jedenfalls nicht, weil du eifersüchtig bist. Als ich dich vorhin in der Halle geküsst habe, war das nur eine Show für deine Freunde ... Und das hast du gewusst.«

Sie nahm meine Hand.

Ich spürte, wie mein Herz schneller schlug. Das war mir noch nie mit einem Mädchen passiert.

»Wenn wir gute Freunde sind«, sagte sie, »brauchst du mir nichts vorzumachen. Nur um mir zu schmeicheln.«

»Ich mache dir nichts vor.«

»Ich glaube doch, Lang.«

»Ich würde dich nicht belügen.«

Sie lachte auf. »Du würdest mich nicht belügen? Ach, hör mal! Du hast von Anfang an gelogen.« Sie ließ meine Hand los. »Ich habe dir alles über Martin erzählt. Und ich habe die ganze Zeit darauf gewartet, dass du mir etwas über dich und Alex erzählst.«

Ich konnte ihr nicht in die Augen sehen. Und ich wusste nicht, was ich ihr sagen sollte. Plato war die Treppe heruntergekommen. Er stand in der offenen Tür und wedelte.

»Onkel Ben hat mir alles erzählt, Lang. Er meinte, du würdest es mir eines Tages selbst sagen. Darauf habe ich gewartet.«

Und wie auf Kommando ertönte Nevadas Stimme von oben: *»Penner? Dein Geburtstag war vor einer Stunde zu Ende! Geh nach Hause! Plato! Komm zurück!«*

Huguette stand auf. »Ja, Lang, geh jetzt nach Hause.«

Ich ging.

## Vierundzwanzig

Am Morgen des 4. Juli ertönte plötzlich Franklins Stimme über die Sprechanlage. »Lang. Für dich ist ein Päckchen gekommen. Unten am Tor. Du musst unterschreiben.«

Ich warf mir die Pyjamajacke über.

»Willst du so hinuntergehen?«, fragte meine Mutter.

»Wer soll mich sehen? Höchstens Franklin.«

Ich schlüpfte in meine Sandalen und lief die Auffahrt hinunter.

Die Rottweiler waren schon vor einer Stunde gefüttert worden. Ich hatte ihr Bellen gehört, als der Range Rover bei ihnen stehen geblieben war. Danach hatte ich gehört, wie Nevada die Ocean Road hinuntergefahren war.

Ich nahm an, dass das Paket von Alex war.

Ich war gerade dabei zu unterschreiben, als der glänzende weiße Porsche mit offenem Verdeck in die Auffahrt einbog.

»Hallo, Lang«, sagte Cog Wheeler.

Ich murmelte ein Hallo.

Sein Seidenhemd passte genau zur Farbe seiner Haare. Er wartete darauf, dass das Tor aufging, und ich stellte mir die Szene vor, die Huguette jetzt auf dem Monitor betrachtete: Cog, dem der Erfolg ins Gesicht und überall hingeschrieben war, und ich, mit vom Schlaf zerzausten Haaren und in einem Pyjama, dem man von weitem das Sonderangebot ansah.

Das Tor ging auf. Cog winkte mir lässig zu und fuhr hinauf nach Roundelay.

Ich schlurfte ins Haus zurück und sah beim Gehen auf die Uhr. Komische Zeit, dachte ich. Ein Frühstücksdate?

Ich setzte mich auf die Couch und öffnete das Päckchen.

*Ich rufe dich um dreiundzwanzig Uhr dreißig an. Alles Gute zum Geburtstag. Ich liebe dich, Spartakus. A.*

Der Zettel war an einem blauen Aktendeckel befestigt.

*Horoskop für Lang Penner, erstellt von Madam Rattray.*

»Was ist denn das?«, fragte meine Mutter.

Ich hielt es ihr hin.

»Was für ein tolles Geschenk! Lies mal das Horoskop für heute vor.«

Ich überblätterte viele Seiten, auf denen die Stellung der Planeten und der Tierkreiszeichen zur Stunde meiner Geburt erklärt wurden.

Das Horoskop kam erst am Schluss.

»Es ist monatlich, nicht täglich«, sagte ich.

»Lies mal, was da für Juli steht.«

Ich las:

*Ihre Neigung, die Realität schönzufärben, kann Ihnen, auch wenn Sie in bester Absicht handeln, das Misstrauen der anderen einbringen. Es ist möglich, dass Sie plötzlich »zwischen zwei Stühlen« sitzen. Ihre Intelligenz und schnellen Reflexe werden Ihnen jedoch helfen, sich aus unangenehmen Situationen zu befreien.*

»Schnelle Reflexe?«, lachte meine Mutter. »Heute früh kriechst du herum wie eine alte Schildkröte.«

»Vielleicht hätte ich meinen Kopf nicht rausstrecken sollen«, sagte ich.

Sie ging zurück in die Küche und ich versuchte mich daran zu erinnern, wie das Gespräch mit Huguette zu Ende gegangen war, bevor Nevada mich nach Hause geschickt hatte.

Ich hörte sie sagen: »Du hast von Anfang an gelogen.«

Ich stand auf und sah aus dem Fenster. Es war einer dieser

vollkommen schönen Sommertage, die oft auf schwere Regenfälle folgen.

Durch die grünen Zweige, auf denen glitzernd die Morgensonne lag, sah ich den Porsche von Roundelay herunterkommen. Auf dem Beifahrersitz saß Huguette.

Dann klingelte das Telefon und McCaffery sagte mir, ich brauche heute Abend nicht zur Arbeit zu kommen.

»Sie wollen nicht, dass ich Ihnen bei der Party helfe?«

»Nevada sagt, du bist sein Gast bei der Party.«

»Davon weiß ich nichts«, sagte ich.

»Mach, was du willst. Komm jedenfalls morgen um die übliche Zeit, wenn *The Failures* auftreten. Dann wird es hier nämlich ziemlich rundgehen. Alles klar?«

»Alles klar«, sagte ich. »Ich komme.« Aber damit meinte ich nicht die Party.

# Fünfundzwanzig

Ich verbrachte den Sonntag damit, Holz zu hacken und zu schichten, während meine Mutter zur Kirche ging und danach mit Franklin zum Vierten-Juli-Fest nach Montauk fuhr.

Am Spätnachmittag legte ich mich aufs Ohr und wachte erst um neun Uhr abends wieder auf. Ich machte mir ein Brot und setzte mich vor den Fernseher, um mir *Inferno und Ekstase* anzusehen. Alex und ich wären vor Lachen zusammengebrochen, wenn Rex Harrison zu Charlton Heston sagt: »Du wagst es, deinen Papst aufs Kreuz zu legen?« Aber ohne Alex war dieser Satz nicht witzig. Ohne Alex machte mir der Film keinen Spaß.

Ich beschloss, das Unverzeihliche zu tun und einen Spaziergang am Strand von Roundelay zu machen. Die Party für die *Failures* fing jetzt gerade an. Nur die Chow-Chows durften zu Hause sein.

Ich wollte darüber nachdenken, was mit Huguette und mir passiert war. Vor allem aber mit mir.

Ich nahm eine Taschenlampe mit, obwohl ich sie nicht brauchen würde; es war Vollmond. Und der Himmel war hell von den Feuerwerkskörpern, die am Main Beach in die Luft geknallt wurden.

Als ich an den Strand kam, ließ ich die Sandalen liegen und lief hinunter zum Wasser, wo der Sand ganz fest war.

Es war nicht leicht, mir über meine Gefühle Klarheit zu verschaffen. Im Gehen überlegte ich mir, was ich Huguette das nächste Mal sagen wollte. Vielleicht sollte ich meine Mutter mit der Bemerkung zitieren, Outing sei genauso peinlich, wie bei einem Abendessen ein Glas Wein umzuwerfen.

Aber schon hörte ich Huguette schimpfen: Ich solle zu ihr genauso ehrlich sein wie sie zu mir.

Ich erfand lauter Dinge, die ich ihr sagen würde, um sie sofort wieder zu verwerfen, als ich jemand auf mich zukommen sah.

Ich erkannte sofort die Chow-Chows. Sie ruderten durch den weichen Sand auf mich zu ... Und dann traf mich der Strahl seiner Taschenlampe.

»Penner?«

»Ja.«

Ich wartete darauf, dass er mich von »seinem« Strand verwies.

Er knipste die Taschenlampe aus und sah mich an.

»Warum bist du nicht im *Sob Story*?«

»Warum sind Sie nicht dort, Sir? Es ist doch Ihre Party.«

»Ich mag keine öffentlichen Partys.«

»Ich auch nicht.«

Wir gingen zusammen zurück Richtung Roundelay.

Ich dankte ihm für die Geburtstagsparty und er knurrte, es sei Huguettes Idee gewesen und nicht seine.

»Sie mag dich«, sagte er.

Ich wusste nicht, ob sie – nachdem er mich nach Hause geschickt hatte – über mich geredet hatten. Ich wusste nicht, was er wusste.

»Ich mag sie auch. Sehr.«

»Hast du mit ihr über dich gesprochen?«

»War nicht mehr nötig dank Ihnen!«

»Ich glaube, du hast es nie wirklich vorgehabt.«

»O doch. Ich wollte nur den richtigen Moment abwarten.«

»Quatsch, Penner!«

»Jedenfalls weiß sie es jetzt. Ist doch egal, von wem.« Ich wusste, dass es nicht egal war, aber ich hatte keine Lust, diesen Punkt zu erörtern.

»Ich wollte nicht, dass sie sich den Kopf darüber zerbricht, warum du nicht scharf drauf warst, sie auszuführen«, sagte er. »Dank Cog Wheeler hat sie jetzt jemanden, der es ist. Er hat den ganzen Tag mit ihr verbracht.«

»Ich würde sagen, nicht die beste Wahl.«

»Sie scheint ihn aber attraktiv zu finden, im Gegensatz zu dir.«

»Das meine ich nicht. Er mag attraktiv sein, aber deshalb ist er noch lange keine gute Wahl.«

»Warum? Ist doch ein netter Kerl!«

»Vielleicht ... vielleicht auch nicht. Sie dürfte kaum Erfahrungen mit so einem Speedy-Typ haben.«

»Sie hat *überhaupt keine* Erfahrung. Und ich mag Cog.«

»Ich kann mich noch erinnern, wie Sie mich eines Morgens angeknurrt haben: ›Lang? Was ist denn das für ein Name?‹ Und was für ein Name ist Cog?«

Er schnaubte verächtlich. »Das hat er sich ausgedacht. *A cog in the wheel.* Nur ein Rädchen im Getriebe. Das war er für seinen Vater! Ach, dieses Gefühl ist mir vertraut. Cog und ich haben eine Menge gemeinsam.«

»Ich wusste gar nicht, dass Sie ihn kennen.«

»Ich kenne ihn auch nicht, aber ich weiß, dass wir uns ähnlich sind. Ich habe ein Interview mit ihm in *Rolling Stone* gelesen. Ich hätte genauso reden können, vor zwanzig Jahren!«

»Und das macht ihn zu einer guten Wahl für Huguette?«

»Was soll das schon wieder heißen?«, knurrte er mich an.

»Nichts«, sagte ich. Ich sah schon die Lichter von Roundelay. In der Ferne explodierten Feuerwerkskörper, es klang wie Maschinengewehre.

Eine Zeit lang gingen wir stumm nebeneinander her, während Plato vor uns hertänzelte und die anderen Chow-Chows vor Schreck den Schwanz zwischen die Beine klemmten.

»Es hat sich viel geändert seit damals«, sagte Nevada. »Als wir auf Tournee gingen, nahmen wir nur ein bisschen Penicillin und das kleine, schwarze Buch mit den einschlägigen Telefonnummern mit. Die Jungs von heute können nicht ohne ihre Laptops, Handys, Modems und so weiter reisen. Wie richtige Geschäftsleute.«

»Tja ja«, sagte ich spöttisch.

»Nur heraus mit deiner Meinung!«

»Ich habe nicht über die unterschiedliche Ausrüstung auf Tourneen nachgedacht«, sagte ich trocken, aber ich fragte mich, was zum Teufel ich eigentlich beweisen wollte. Warum hielt ich nicht den Mund und ließ ihn über Wheeler denken, was er wollte?

»Aber du hast darüber eine Meinung. Okay, komm rauf und wir reden darüber.«

»Ich kann jetzt nicht«, sagte ich.

»Steh zu deinen Überzeugungen!«, sagte er. »Zieh sie nicht immer zurück! Du hast Probleme, zu dir selbst zu stehen, stimmt's?«

»Vielleicht, manchmal«, sagte ich. »Aber das ist nicht der Grund, warum ich nicht nach Roundelay kommen kann.«

»Und warum kannst du nicht?«

»Weil Alex mich um halb zwölf anrufen will«, sagte ich, »und jetzt ist es schon zehn nach elf.«

»Na gut, Penner«, sagte er, als wir bei dem Weg angelangt waren, der hinauf zu seinem Haus führte. »Ich hätte dich niemals Penner nennen dürfen. Kaum gibst du etwas einen Namen, lädst du es auch schon in dein Haus ein.«

Ich lachte. »Vielleicht sollten Sie mich einfach F nennen. Ich könnte der sechste Rottweiler sein.«

»Dazu bist du nicht wild genug!«, sagte er. »Plato? Aristoteles? Sokrates! Hierher!«

Ich fand meine Schuhe da, wo ich sie liegen gelassen hatte, und lief nach Hause, während er sich mit den Chow-Chows beschäftigte.

# Sechsundzwanzig

»Du wirst es nicht glauben, wer die Cherie spielt«, sagte Alex. »Nola Leary!«

»Wer ist das?«

»Erinnerst du dich an die Schauspielerin in *Picknick*, die gesagt hat, sie spüre keine Erregung, wenn sie einen Schauspieler küsst, der lieber einen Mann küssen würde?«

»O nein!«

»O ja! Außerdem ist sie die Geliebte vom Direktor.«

»Wusste sie nicht, dass er dich engagiert hatte?«

»Als ich ins Theater kam, wusste sie's.«

»Und wie hat sie reagiert?«

»Wir sind alle weggegangen, um uns das Feuerwerk anzusehen. Es war ihr nichts anzumerken. Alle waren irgendwie erleichtert, dass sie in letzter Minute noch jemanden gefunden hatten. Wahrscheinlich hat sie sich damit abgefunden, dass ich den Bo spiele. Zumindest im Moment.«

Wir unterhielten uns über meine Geburtstagsparty, das Horoskop, sein Zimmer, die anderen Ensemblemitglieder. Wir sprachen über alles, außer über Huguette. Er erwähnte sie nicht und ich auch nicht.

In dem Moment, als ich seine Stimme hörte, waren die letzten Reste meiner nächtlichen Verwirrtheit verflogen. Ich wollte nur noch mit ihm zusammen sein. Ihn spüren und seinen Patschuliduft riechen.

»Alex? Hör mal zu. Ich mach morgen Überstunden für McCaffery. Dafür könnte er mir nächstes Wochenende frei geben. Dann könnte ich Freitag fliegen.«

»Das kostet ein Vermögen, Lang.«

»Ich habe auch für Nevada gearbeitet und Geld gespart. Wenn ich dafür ein bisschen Zeit mit dir verbringen kann, gebe ich es gerne wieder aus.«

»Ich habe schreckliche Sehnsucht nach dir, Lang, aber jetzt geht es noch nicht.«

»Warum nicht?«

»Ich habe es dir gerade erklärt. Wir sind hier in einer sehr kleinen Stadt. Wir könnten kaum allein sein. Wir wohnen hier alle zusammen in derselben Pension, ein Zimmer neben dem anderen, und es gibt kein einziges Lokal, wo man nach der Vorstellung hingehen kann, außer in eine Bierkneipe ... Und ein Auto habe ich auch nicht.«

»Ich verstehe.«

»Wirklich? Ich werde mich umschauen und vielleicht ein anderes Zimmer nehmen. Ich weiß nicht, ob es was gibt.«

»Verdammt noch mal, Alex! Ich habe gehofft, wir würden uns sehen!«

»Nicht fluchen, Lang«, sagte er. »Was glaubst du, wie mir zu Mute ist? Aber hier gibt es wirklich nur Normalos.«

»Das hat dich doch bisher nicht gestört.«

»Und wieso stört es dich auf einmal nicht mehr? In New York wolltest du nicht einmal hinter die Bühne kommen. Was ist plötzlich los mit dir?«

»Du fehlst mir.«

»Ich weiß. Ich werd mir was überlegen. Ich ruf dich morgen an.«

»Ich liebe dich«, sagte ich.

»Das sagst du sonst erst, nachdem ich es gesagt habe. Aber Entfernung lässt die Liebe wachsen, hmm?«

»Ja«, sagte ich und hoffte, dass es stimmte.

## Siebenundzwanzig

Eine Woche lang bekam ich Huguette nicht zu sehen, außer von weitem.

Dann, als ich an einem Vormittag gerade dabei war, den Zaun um den Pool zu reparieren, rief sie mir von der Terrasse aus zu:

»Willst du mit uns essen? Dann komm rauf!«

»Okay. Vielen Dank.«

Unnötig zu fragen, um welche Band es sich bei der Musik aus den Lautsprechern handelte. Die ganze Woche hatte ich in Roundelay nichts außer den *Failures* gehört, jedenfalls immer, wenn Huguette da war.

Im *Sob Story* hatten sie alle Rekorde gebrochen. Alle Abende waren ausverkauft gewesen, in drei Tagen waren sechshundert Essen verkauft worden, ganz zu schweigen von den Einnahmen an der Bar.

In diesen Tagen war ständig der weiße Porsche an mir vorbeigefahren, oft mit Huguette an Cogs Seite. In der Eröffnungsvorstellung der *Failures* saß sie vorne an Cogs Tisch. Von der Küche aus sah ich, wie er ihr seinen ersten Song widmete: Stings alten Hit *Every Breath You Take.*

Jetzt waren sie weitergezogen, zu einem Auftritt in New Jersey.

Huguette trug ein langes, gelbes *Failures*-T-Shirt. Auf der Vorderseite stand wie bei dem von Lenny Allen unter einem weißen Kreis das Wort Zero, auf dem Rücken quer drüber THE FAILURES. Ihre schwarzen Shorts waren kaum zu sehen. Sie war barfüßig und braun gebrannt.

Ich setzte mich und zog meine Hosenbeine aus den Socken, die ich zum Schutz vor Zecken immer anhatte, wenn ich im Freien arbeitete.

Ich konnte sie nicht ansehen, ohne dass alle Gefühle, die ich sieben Tage lang verdrängt hatte, mich aufs Neue überfielen.

»Sieh mal, was er mir geschenkt hat, Lang!«

Es war ein schmales, goldenes Armband mit ihrem eingravierten Namen.

»Auf der Rückseite hat er etwas eingravieren lassen«, sagte sie. Sie löste den Verschluss und reichte mir das Armband.

*If you say my name Cog, you get Cog.*

Ich gab ihr das Armband zurück.

»Der Goldschmied macht diesen Sommer ein gutes Geschäft«, sagte ich.

Ich trug meinen Schlüsselanhänger nicht mit mir herum. Noch nie hatte mir jemand ein Schmuckstück geschenkt, auf dem etwas eingraviert war. Ich hatte Angst, ihn zu verlieren.

»Noch nie hat mir jemand etwas eingravieren lassen«, sagte sie. »Ich habe Angst, es zu verlieren.«

»Das kann ich verstehen.«

»Du weißt ja, dass ich immer sage, *if you say my name Hougette, you get …*«

»Alles klar«, unterbrach ich sie.

»Er schreibt vielleicht sogar einen Song darüber.«

»Und was ist mit Martin?«, fragte ich.

»Ich liebe Martin.« Sie legte das Armband wieder an. »Das hier ist nur ein Gemechtel.«

»Ein *Techtelmechtel.*«

»Cog ist ein großer Star! Was soll der von mir wollen? Er behauptet, er will mit mir irgendwo hinfahren, weit weg von Roundelay.«

»Na, dann weißt du ja, was er will.«

»Sei nicht so zynisch. Wie geht es Alex?«

»Er ist sehr beschäftigt. Wie immer.«

»Wann siehst du ihn?«

Ich zuckte die Achseln. »Keine Ahnung!« Er hatte morgens angerufen um mir zu sagen, dass er wahrscheinlich ein anderes Zimmer bekommen könnte, das genügend weit von seinem jetzigen entfernt sei. Und vielleicht könnte er auch ein Fahrrad mieten. Und möglicherweise würden Scotty und Maggie von New York heraufkommen. Am ersten Wochenende im August. Vielleicht könnte ich mit ihnen mitfahren.

»Erinnerst du dich an Scotty?«, hatte er gefragt.

»Ist diese Tunte gut für dein Image?«

»Du hast es noch immer nicht verstanden, Lang. Kein Schwein interessiert sich dafür, welche Freunde ich habe. Jeder kennt Scotty. Das ist der Unterschied!«

»Was machst du, wenn ich auftauche? Suchst du mir auch eine Alibifrau?«

»Man wird dich für einen ihrer Freunde halten ... Lang, Nola Leary ist eine richtige Hexe! Das ist eine ungewohnte Situation!«

Dann hatte er sich nach Huguette erkundigt. Ich sagte, sie sei mit Cog Wheeler beschäftigt.

Alex hatte gelacht. »Du bewegst dich in ziemlich prominenten Kreisen, mein Lieber. Hoffentlich steigt dir das nicht zu Kopf.«

»Ich bewege mich überhaupt nicht, ich stecke hier fest. Ich würde mich gern bewegen, wenn du mich nicht bremsen würdest.«

»Ich hab es gehört«, hatte Alex das Gespräch beendet. »Und ich liebe dich! Hab noch ein bisschen Geduld, okay?«

•••

Nevada kam auf die Terrasse geschlendert, nickte mir zu, sagte »Hallo, Penner« und blieb dann stehen, um der Musik zu lauschen.

»Interessante Percussion da am Ende«, sagte er. »Cog überrascht mich.«

»Warum wollte er dich heute Morgen sprechen, Onkel Ben?«

»Vielleicht hatte er nach einer Stunde genug von dir«, sagte Nevada. Er setzte sich mir gegenüber an den Tisch. »Ich sollte Telefonwertpapiere kaufen, wenn das so weitergeht.«

»Was wollte er?«, fragte Huguette noch einmal.

»Er will mich dazu überreden, dass ich auftrete.« Plato war mit einem Plastikknochen im Maul hinter ihm aus dem Haus gekommen. Er legte sich neben Nevadas Stuhl und kaute.

»Und?«

»Ich muss mir das überlegen. Es handelt sich nur um einen Auftritt. Sie geben im August in Boston in *The House of Stars* ein Konzert. Da bin ich vor dreiundzwanzig Jahren im August zum ersten Mal aufgetreten.« Er zündete sich eine Zigarette an, blies einen Ring in die Luft und schüttelte den Kopf. »Cog will, dass ich dort rauskomme und eine Nummer mit ihm mache. Als Überraschungsgag ... aus sentimentalen Gründen. Keine Publicity vorher, kein großes Tamtam.«

»Onkel Ben, das solltest du machen!«

»Ich weiß nicht.«

Ich konnte den Blick nicht von ihr abwenden. Sie hatte es mir leicht gemacht und mit keinem Wort erwähnt, was in der Geburtstagsnacht zwischen uns passiert war. Ich brauchte nichts zu zerreden, erklären, entschuldigen.

Wovor ich mich am meisten gefürchtet hatte – dass sie mich fragen würde, was ich mit dem Satz, wir wären mehr als nur Freunde, gemeint hatte –, wurde stillschweigend übergangen. Als sei nichts gewesen.

Wenn ich nicht diese seltsame Kraft gespürt hätte, die mich in ihre Nähe zog: Sobald ich sie ansah, klopfte mein Herz wie wild und genauso wild pochte das Blut in meinen Adern.

Während sie sich mit Nevada über Cog Wheelers Angebot unterhielt, kraulte ich Plato am Kopf und zwang mich dazu, sie nicht anzusehen und an ihr vorbei auf den Ozean zu starren. Und ich dachte an Alex' Vorschlag, mit Scotty Lund und Maggie zum Cape hinaufzufahren. Mir fiel wieder ein, wie ich sie auf Roosevelts Island getroffen hatte und wie ich gesagt hatte, bisexuell, das gäbe es nicht.

»Wo zum Teufel bleibt unser Essen?«, rief Nevada plötzlich verärgert.

»Ich schau mal nach, was Franklin macht«, sagte Huguette und ließ mich mit ihm allein.

»Was denkst *du*, Penner? Soll ich meine Höhle verlassen?«

»Unbedingt«, sagte ich.

»Zurück auf die freie Wildbahn? Nur für einen Abend?«

»Klingt gut.«

»Es wäre eine Abwechslung«, sagte Nevada. »Und die könnte ich brauchen. In letzter Zeit habe ich eigentlich nur meine Hemden gewechselt. In deinem Alter hat man ja noch alle Veränderungen vor sich. Wenn sie erst mal hinter einem liegen, klebt man wie eine Maus auf diesen Klebebändern, die wir unten im Keller haben.«

Aristoteles und Sokrates kamen aus dem Haus und ließen sich neben uns nieder, während sich Plato mit seinem Plastikknochen ans andere Ende der Terrasse verzog.

Nevada beugte sich vor. »Ich glaube«, sagte er leise, »Huguette vergisst langsam ihren Beerenpflücker. Sie hat gemerkt, dass sie was Besseres bekommen kann ... Und Cog ist ein braver Kerl. Er trinkt nicht. Er nimmt keine Drogen.«

»Woher wissen Sie das?«

»Ich habe mich erkundigt. Alle sagen, dass er clean ist. Außerdem ist er ein sehr guter Geschäftsmann. Er führt die Verhandlungen selber und trifft alle Entscheidungen. Er ist aufs Bush-College gegangen, das ist eine sehr gute Schule in Seattle.« Nevada hatte einen gewaltigen Respekt vor allen, die eine High School oder gar die Uni besucht hatten, und hätte auch jemanden bewundert, der zu Hause einen Kurs für die Balsamierung von Leichen absolvierte.

»Ich mag seine Songs. Sie bedeuten etwas. Sie erinnern mich an die guten Songwriter von früher: Joni Mitchell, Simon and Garfunkel.« Er lachte und meinte:

»Ben Nevada ... Natürlich weiß ich, dass er eigentlich mehr an Huguette interessiert ist als daran, mich nach Boston zu bringen.«

»Vielleicht an beidem«, sagte ich.

»Bevor die Rochans ihr einen anderen Namen gaben, hieß sie Phoenix ... nach dem Vogel, der sich aus der Asche erhebt. Cali muss das Gefühl gehabt haben, dass alles, was sie vor der Geburt ihres Babys gemacht hatte, zerstörerisch gewesen war. Ich konnte Cali nicht helfen, Ihre Schwester sagte das Gleiche; niemand konnte Cali helfen ... Aber jetzt kann ich wenigstens etwas für ihr Kind tun, und das ist mir wichtiger als alles andere. Dagegen ist Boston ein Klacks.«

## Achtundzwanzig

In den folgenden Wochen war ich oben in Roundelay genauso zu Hause wie unten im Verwalterhaus. Ich brauchte nicht mehr auf eine Einladung zu warten, um hinaufzugehen. Ich gondelte im Aurora herum, wann immer ich Lust dazu hatte. Ich gehörte zu Nevadas Leben – ein Haushund mit Kosenamen.

Ich verbrachte so ziemlich meine ganze Freizeit oben. Oder ich fuhr mit Huguette nach East Hampton, wartete auf sie, während sie Martin anrief, und hörte sie atemlos über die vielen Aufmerksamkeiten von Cog berichten: seine nächtlichen Anrufe, seine Blumengestecke, Pralinen und Luftballons.

Ich weiß nicht, ob meine Mutter mitbekam, was in mir vorging, jedenfalls stellte sie mir keine Fragen. So wie Nevada hoffte, Cog hätte Huguette auf andere Gedanken gebracht, klammerte sie sich an den Gedanken, dass ich über Huguette Alex vergessen würde. Damit hätte sie mit ihrem Satz Recht gehabt, ich sei noch zu jung, um mich für die Homosexualität zu entscheiden.

In Roundelay lebte ich in einer anderen Welt, während Alex sich in seiner verschanzte: dem Theater. Es war ihm nicht gelungen, jenes Zimmer zu bekommen, das einige Kilometer von der Pension, in der sie alle wohnten, entfernt gewesen wäre. Er behauptete, es gäbe während der Theatersaison kein Zimmer, das er sich leisten könne. Und außerdem sei er ja in sechs Wochen wieder in New York.

Die Kritiken waren ausgezeichnet gewesen. Er war als junger, viel versprechender Schauspieler hervorgehoben worden.

Ebenso wie Nora Leary. Sie kamen inzwischen gut miteinander aus. Und da er Angst hatte, die Beziehung zu gefährden, sprachen wir immer weniger über meinen Besuch im August. Auch ich drängte nicht mehr darauf. Vielleicht, weil ich genau wusste, dass Huguette und ich nur diesen einen Sommer hatten und mir noch nie jemand wie sie begegnet war und je begegnen würde.

Auch wenn der Auftritt in Boston laut Nevada »ein Klacks« war, so drehte sich inzwischen alles in Roundelay darum. Wenn Nevada nicht gerade neues Songmaterial an uns erprobte, studierte er die Performer auf MTV, als wolle er einen Schnellkurs in heutigem Rock machen. Zwar wetterte er gegen das meiste, was er dort sah, aber wir wussten, dass sich hinter seinen Kritiken und Klagen die Angst verbarg, er könne nicht gut ankommen. Manchmal gab er es indirekt zu, indem er sich einen »Dinosaurier« nannte und den Auftritt als »Selbstmordkommando« bezeichnete.

An einem heißen Tag Ende Juli packten Huguette und ich Sachen für ein Picknick zusammen und fuhren an den Main Beach. Nevada hatte seinen Arrangeur, seinen Agenten, seinen Schneider und diverse Ratgeber nach Roundelay gebeten, die ihm helfen sollten, seinen Auftritt in *The House of Stars* vorzubereiten. Dieser Hektik wollten wir entkommen. Huguette war bis dahin noch nie am Main Beach gewesen, wo sich die Kids mit Sonnen, Schwimmen, Surfen und Volleyball die Zeit vertrieben.

Wir suchten uns einen ruhigen Platz, stellten einen Sonnenschirm auf und breiteten ein Badetuch aus.

Am Morgen hatte Cog angerufen. Er hatte einen Song mit dem Titel *You Get Nothing* geschrieben und wollte ihn in Boston, an dem Abend mit Nevada, ausprobieren. Huguette konnte gar nicht aufhören darüber zu reden.

»Ich bin ein bisschen von ihm verwirrt, oder, Lang?«

»Ja.«

»Hast du das je erlebt? Dieses Glücksgefühl, weil plötzlich ein neuer Mensch in deinem Leben auftaucht?«

»Ja.«

»Ich weiß, es fällt dir schwer, über Gefühle zu reden.«

Das stimmte nicht. Es fiel mir nur deshalb schwer, weil sie der Mensch war, der mich verwirrte.

So sagte ich nur: »Und man hat dabei ein schlechtes Gewissen.« Ich hatte ein sehr schlechtes Gewissen. Nicht nur, weil Alex keine Ahnung hatte, wie wichtig mir Huguette war, sondern auch, weil ich zum ersten Mal die Straße gewählt hatte, wo alle fuhren. Ich benahm mich wie ein Hetero und sonnte mich in der Wärme einer Welt, wo man uns willkommen hieß. Huguette und ich wirkten wie ein normales Liebespaar. Ich verbrachte nicht nur viel, ich verbrachte eine wunderbare Zeit mit ihr.

»Ich habe kein schlechtes Gewissen, Martin ist noch immer der Einzige für mich. Gab es andere vor Alex?«

»Nein. Ich war schon mal verliebt, aber ich bin nie aktiv geworden. Alex ist meine erste ...«

»Erste was?«

»Liebe.«

»Endlich sagst du es. Gut ... ich weiß, dass es schwierig für dich ist. Du kannst wahrscheinlich nicht mit jedem darüber reden. Aber ich hoffe doch, dass du es mit mir kannst.«

»Ja, doch, kann ich. Glaubst du, dass Cog andere Freundinnen hat?«

»Er sagt, er hat dafür keine Zeit.«

»Nimmst du ihm das ab?«

»Warum sollte er mich anlügen?«

»Weiß er von Martin?«

»Er ist sehr eifersüchtig auf Martin. Er sagt, ich sei der Typ Frau, in den er sich verlieben könnte.«

»Ich möchte wetten, Martin weiß nichts über Cog.«

»Doch. Aber er ist überhaupt nicht eifersüchtig. Er findet, dass mir Amerika gut tut. Heute Morgen hat er mich gefragt, ob ich nicht hier zur Schule gehen will. Er würde das verstehen. ›Sei mal nicht zu verständnisvoll‹, habe ich gesagt, ›sonst muss ich denken, du liebst mich nicht genug … ‹ Aber das ist typisch Martin. Er findet, ich hätte noch nicht genug von der Welt gesehen.«

Ich rückte aus der Sonne in den Schatten unter dem Sonnenschirm und sie fragte mich, ob sie mir den Rücken eincremen solle. Ich nickte. Es war angenehm, ihre kühlen Hände auf meiner Haut zu spüren, als sie meine Schultern massierte.

Und schließlich brachte ich den Mut auf, sie zu fragen, was ich sie schon seit Wochen fragen wollte. »Wie weit ging die Sache mit dir und Cog? Hast du …« Ich wusste nicht, wie ich die Frage dezent formulieren sollte.

»Habe ich was?«

»Mit ihm geschlafen?«

Sie lachte. »Zum Schlafen würde ich wohl nicht viel kommen!«

Sie schraubte die Tube wieder zu und wir beobachteten, wie die Kids mit ihren Surfbrettern über die großen Wellen zu gleiten versuchten.

»Ich habe das nicht einmal mit Martin gemacht«, sagte sie. »Jedenfalls nicht so richtig.«

»Wirklich?«

»Jetzt bist du baff, nicht?«

»Ja, bin ich.«

»Aber du schon, mit Alex.«

»Na sicher.«

»Nur mit Alex?«

»Ja.«

»Habt ihr keine Angst vor Aids?«

»Natürlich. Aber wir sind sehr vorsichtig. Und keiner von uns treibt es mit anderen.«

»Ich hasse diese Formulierung«, sagte sie.

»Ich auch. Zumindest die Idee dahinter.«

»Und was mache ich mit dem armen Cog?«

»Um Cog würde ich mir keine Sorgen machen.«

Sie kicherte. »Hier spricht ›Wolke‹.«

»Cog kann für sich selber sorgen.«

»Du kennst ihn nicht«, sagte sie.

»Muss ich auch nicht.«

»Ach, Lang, er ist nicht so, wie du denkst. Es ist ihm Ernst mit mir. Das spüre ich, auch wenn er nicht sagt, dass er mich liebt. Er fragt mich andauernd, ob ich nicht mit ihm wegfahren will. Das ist sehr schmeichelhaft für mich ... Aber was mach ich wirklich mit ihm?«

»Du hast noch nie jemanden getroffen, der so prominent ist wie er ... Und einen Porsche hat.«

»Sei nicht sarkastisch. Ich habe noch nie jemanden getroffen, von prominent ganz zu schweigen. Aniane ist kein Ort, wo man Leute trifft.«

»Es war also gut für dich, hierher zu kommen?«

»Das werde ich meinen Eltern gegenüber auf keinen Fall zugeben. Sie reden nämlich dauernd drüber, ob sie nicht zurückkommen sollen.«

»Würdest du das wollen, wenn Martin nicht wäre?«

»Da *ist* Martin ... Ich will niemanden verletzen, Lang.«

»Oder selbst verletzt werden.«

»Ja, stimmt ... Ich bin ein bisschen verwirrt, nicht?«

»Ein bisschen?« Ich grinste sie an: »Du bist total durcheinander.«

Sie knuffte mich in den Arm. Ziemlich fest. Dann stieß sie mich zurück, sprang auf und lief davon.

Ich rannte hinter ihr her.

Lachend liefen wir in der heißen Sonne den Strand entlang.

Endlich erwischte ich sie. Wir rangen miteinander, bis wir im Sand lagen. Ich hielt sie unter mir fest und sagte: »Ergib dich!«

»Ich denk nicht dran!«

Ich versuchte sie zu kitzeln und sie strampelte im Sand herum. So wälzten wir uns übermütig herum, bis ich merkte, dass ich mich schleunigst von ihr abrollen musste – schleunigst.

Ich lag auf dem Bauch und sie streckte sich neben mir auf dem Rücken aus.

Wir waren beide außer Atem und schwitzten.

*»Mon dieu!«,* sagte sie.

Ich blieb auf dem Bauch liegen. Aus gutem Grund.

»Was würde ich bloß ohne dich machen?«, sagte sie.

»Und ich ohne dich?«

Manchmal weiß man erst viel später, wie glücklich man zu einem bestimmten Zeitpunkt gewesen war. Ich wusste es gleich.

Ich fühlte mich auf wunderbare Weise zu ihr hingezogen.

Es war ein ganz anderes Gefühl als das für Alex. Denn bei ihm hatte ich von Anfang an immer gewusst, wie es weitergehen würde.

Bei ihr würde es nicht weitergehen, und das machte nichts.

Ich glaube, wir sind beide eingeschlafen. Vielleicht lag sie auch nur ganz ruhig da, während ich ein paar Minuten abtauchte.

Als ich aufwachte, lagen wir einander zugewandt auf der Seite. Sie machte die Augen auf und lächelte. Dann streckte sie die Hand aus und glitt mit dem Fingernagel über meine Wange. »Ob die Möwen sich über unser Picknick hergemacht haben, Lang? Wir sollten zurückgehen.«

»Von mir aus können sie das Picknick haben.«

»Woran denkst du? Du machst ein so ernstes Gesicht.«

»Ich glaube, ich liebe dich«, stieß ich hervor.

»Nein, tust du nicht. Weißt du, was du liebst?« Sie schob ihren Finger zwischen meine Zähne. »Du liebst es, Lügen zu erzählen.«

Ich biss sie sanft in den Finger. »Nein, ich glaube, es ist wahr.«

»Wenn es wahr ist, dann gib mir was zu essen. Ich bin hungrig.« Sie tippte mit dem Finger gegen mein Kinn. »Los, komm!«

Ich stand auf und reichte ihr meine Hand.

Da sagte eine Stimme: »Dachte ich doch, dass du es bist.«

Ich schirmte meine Augen vor der Sonne ab. Auf dem Badetuch hinter uns saß ein Pärchen.

»Kennst du mich noch?«, fragte Brittany Ball.

## Neunundzwanzig

Als wir heimfuhren, wollte Huguette von mir wissen, was ich Brittany Schlimmes angetan hatte, dass sie mir den Sandklumpen nachgeworfen hatte.

»Dein Freund Nick hat sie mir auf Cogs Party im *Sob Story* vorgestellt. Sie schien ziemlich sauer auf mich zu sein.«

»Auf mich, nicht auf dich. Nick hat ihr wahrscheinlich von unserem Kuss erzählt.«

»Hast du ihr auch gesagt, dass du sie liebst?«

»Nein, nie!«

»Niemand wirft ohne Grund mit Steinen um sich!«

»Ich hatte ihr gesagt, dass ich schwul bin.«

»Ach! Bei mir war es anders herum. Erst sagst du mir, dass du schwul bist, und *dann* sagst du, dass du mich liebst.«

»Ich bin nur ein paar Mal mit ihr ausgegangen.«

»*Merde,* Lang! Sie würde doch nicht so wütend sein, wenn du sie nicht erst angemacht hättest, bevor du ihr die kalte Nase zeigst.«

»Kalte Schulter!«

»Nase oder Schulter, man sollte dich einsperren.« Sie lachte. »Du bist ja gemeingefährlich.«

Huguettes Schimpferei entschärfte meine plötzliche Liebeserklärung. Als wir in Roundelay eintrafen, lachten wir schon wieder.

Ich lenkte den Aurora durchs Tor und stieg aus. Ich fuhr nie mit dem Auto zur Arbeit, sondern wurde immer von einem der anderen Kellner aus dem *Sob Story* mitgenommen.

Als ich den Sand von meinen Füßen abgeklopft hatte und gerade ins Haus ging, um mich zu duschen und umzuziehen, hörte ich den Aurora zurückkommen. Huguette saß allein am Steuer und raste durch das offene Tor auf die Straße.

Meine Mutter erzählte mir, was passiert war, als ich spät in der Nacht nach Hause kam. Franklin hatte ihr alles berichtet.

Nevada hatte eine Dame, die an der Bentley Academy unterrichtete, eingeladen, bei Gelegenheit nach Roundelay zu kommen, da er vorhatte, Huguette dort einzuschreiben.

Eine Ms. Hamilton wartete in Roundelay, als wir vom Strand kamen.

Es war das erste Mal, dass Huguette von dem Plan hörte, sie in diesem Herbst ins Internat nach Pennsylvania zu schicken.

Es war das erste Mal, dass sie von der Absicht ihrer Eltern erfuhr, im Herbst nach New York City zu ziehen. Mrs Rochan würde am nächsten Montag nach New York kommen, um eine Wohnung zu suchen.

»Wohin wollte Huguette mit dem Aurora?«

»Offensichtlich ist sie in den Ort gefahren und hat ihren Freund angerufen«, sagte meine Mutter. »Die Rochans hatten ihn bereits informiert. Und er hat ihr zugeredet, hier zu bleiben und hier zur Schule zu gehen.«

»Wie hat sie das aufgenommen?«

»Du kennst sie ja. Sie ist wie eine Furie zurückgefahren und über Mr Nevada hergefallen.«

»Kann ich ihr nicht verdenken«, sagte ich.

»Ich bin auf der Seite der Rochans«, sagte meine Mutter.

»Du schließt dich doch immer der Mehrheit an, Mom.«

»Sag nicht, dass du dich nicht darüber freust – war doch zu merken, dass du sie gern hast.«

»Ich bin auf Huguettes Seite«, sagte ich. »Das ist ein übler Trick!«

Ich konnte an nichts anderes mehr denken. Kunden, die am Abend im *Sob Story* »hausgemachten Rinderschmorbraten« bestellt hatten, wunderten sich, wenn sie Hühnerbrüstchen bekamen. Rotweintrinker beschwerten sich, dass man ihnen Weißwein vorsetzte und vice versa. McCaffery drohte mir, mich nur noch als Tellerwäscher einzusetzen.

Als ich nach Hause kam, ging ich barfuß zum Strand hinunter, sah auf die hell erleuchteten Fenster von Roundelay und hoffte, dass Huguette sich zeigen würde.

Ich blieb mehrere Stunden am Strand. Meine Mutter wachte auf, als ich heimkam.

»Lang? Ist alles in Ordnung?«, rief sie aus ihrem Zimmer.

»Ja, Mom.«

Sie wusste, dass das nicht stimmte.

»Diese Leute lösen ihre Probleme auf ihre Weise, Schatz. Sie schafft das schon.«

»Ja«, sagte ich, aber ich war mir nicht so sicher.

## Dreißig

»Mach dir um mich keine Sorgen«, sagte sie. »Hast du dir Sorgen gemacht?«

Ich saß am Steuer. Sie saß neben mir, eine Hand nach hinten gestreckt, um Plato zu beruhigen, den wir wegen einer verletzten Pfote zum Tierarzt brachten.

»Warum habe ich wohl so früh angerufen«, fragte ich sie. »Natürlich hab ich mir Sorgen gemacht!«

»Onkel Ben glaubt, Franklin ist verschwiegen wie ein Sarg.«

»*Grab.*«

Sie lachte: »Dann weißt du also alles.«

»Ja, so ziemlich.«

»Nein ... Du weißt nicht, wie *ich* die Sache sehe.«

»Und – wie siehst du sie?«

»Bleib da, Plato! Also, ich seh das so«, begann sie.

Und dann erklärte sie mir, dass sie nicht mit Nevada nach Boston fahren würde. Stattdessen würde sie am Sonntag nach seinem Auftritt im *House of Stars* mit Cog Wheeler zu den Adirondacks fahren.

»Wenn Onkel Ben nach Roundelay zurückkommt, bin ich nicht mehr da.«

Plato sprang auf dem Rücksitz herum und sie schimpfte mit ihm, während sie mir das alles erzählte.

»Und was dann?«, fragte ich bemüht ruhig.

»Onkel Ben wird niemals auf den Gedanken kommen, dass ich bei Cog bin. Ich habe ihm nämlich gesagt, dass sein genialer Plan, mich mit Cog zu verkuppeln, nicht funktioniert hat. Ich würde ihn nie wieder sehen und ich würde ganz bestimmt nicht mit nach Boston kommen.«

»Er wird dich trotzdem finden«, sagte ich. »Du kennst ihn.«

»Nicht sofort, jedenfalls. Und bis dahin soll er leiden. Ich will ihm wehtun!«

Plato sprang auf den Vordersitz.

»Ich hab ihn im Griff«, sagte sie. »Er kann auf meinem Schoß sitzen.«

»Willst du auch mir wehtun? Denn das tust du damit.«

»Du hast ja Alex ... Lang kann nicht alles haben, nicht wahr, Plato?«

»Gib ihn nach hinten«, sagte ich. »Ich kann mich nicht konzentrieren.«

»Er ist ganz ruhig.«

»Er sabbert auf meinen Ärmel! Er ist ganz außer sich!«

»So wie ich? Das hast du doch erwartet, als du angerufen hast, nicht?« Sie lachte. »Aber ich bin ein zäher Typ, nicht wahr, Plato?«

»Du liebst Cog doch gar nicht, Huguette.«

»Ich brauche jemanden, der mich mehr liebt als ich ihn.«

»Glaubst du wirklich, dass Cog dich so liebt?«

»Er liebt mich mehr als ich ihn, weil ich ihn nicht wer weiß wie liebe, sondern nur ein bisschen.«

»Nevada wird Cog umbringen!«

»Nein, umbringen wird er ihn sicher nicht. Und was immer er tut, für *The Failures* ist es eine fantastische Publicity.«

Eine Zeit lang sagte ich nichts. Weil ich nicht wusste, was ich sagen sollte. Ich kam mir vor wie jemand, der weiß, dass gleich ein Unfall passieren wird, wie damals in der Nacht in der Parkgarage, als Alex den ersten Schlag versetzt bekam und ich daneben stand und zusah. Noch lange danach ging mir die Szene durch den Kopf und ich dachte immer wieder, dass ich etwas tun hätte müssen – Alex helfen und nicht nur wie erstarrt herumstehen.

Sie begann auf Plato einzureden, albernes Zeug, wie dass sie sich nicht länger von Nevada herumkommandieren lassen würde usw. Der Chow-Chow wurde immer aufgeregter, er japste und winselte.

Als wir beim Tierarzt vorfuhren, sagte ich: »Und was hält mich zurück, Nevada den Plan zu erzählen?«

Sie befestigte die Leine an Platos Halsband. »Ich würde sofort einen anderen machen«, sagte sie. »So würdest du mir nicht helfen, Lang. Ich brauche auch gar keine Hilfe!« Sie machte die Tür auf und sagte: »Und was ist mit deinem großen Gefühl für mich, was ist mit dem, hm? Du würdest mich also auch verraten?«

Ich ließ sie vorausgehen, der Hund zog sie an der Leine zur Tür. Ich musste noch eine Minute sitzen bleiben um mich zu beruhigen.

Dann blickte sie über die Schulter zurück, grinste übers ganze Gesicht und hob den Arm, sodass alle Armreifen schepperten. »Na, komm schon«, rief sie. »Hast du etwa Angst vorm Onkel Doktor?«

Einige Tage später, als ich dabei war, die Gitter am Tor zu streichen, kam Nevada vorbei, um sich mit mir zu unterhalten. Huguette schwamm oben im Pool.

»Sie hat sich entschlossen, nicht mit nach Boston zu fahren«, sagte er. »Hat sie es dir auch gesagt?«

»Ja.«

»Sie ist sehr enttäuscht von mir. Aber das wird vergehen. Und in Boston wird ohnehin die Hölle los sein. Außerdem wird alles auf Video aufgenommen. Sie kann sich die Show später mal ansehen, wenn sie sich beruhigt hat.«

Es war erstaunlich, wie die Rottweiler ihm gehorchten. Sobald er aufkreuzte, gaben sie keinen Ton von sich. Vorher hatten sie mich angebellt und -geknurrt und A hatte mindestens drei Pfund abgenommen, so oft war er am Zaun hochgesprungen.

»Auch an dem armen Cog lässt sie ihre Wut aus«, sagte Nevada. »Sie will nicht einmal mehr mit ihm telefonieren!«

Ich sagte ihm nicht, dass sie ihn immer anrief, wenn wir in den Ort kamen. An Martins Stelle war Cog getreten.

»Sie hat mir erklärt, alle Männer könnten ihr gestohlen bleiben.« Nevada schmunzelte vergnügt. »Ich weiß nicht, ob sie die schwulen auch dazu zählt ... Penner, wo hast du die Farbe her?«

»Franklin hat sie mir gegeben.«

»Die ist zu dünn. Du wirst einen zweiten Anstrich machen müssen.« Er zuckte die Achseln. »Die Sache mit Cog hätte sowieso nicht funktioniert. Er ist zu nüchtern. Er hat keine Zeit für ein Schulmädchen. Ich glaube, Irving Berlin hat einmal gesagt, dass das Anstrengende am Erfolg ist, dass man ein Erfolg bleiben muss.«

So verliefen fast alle unsere Unterhaltungen: Nevada bestritt die Unterhaltung allein. Diesmal machte es mir nichts aus. Ich konnte ihm sowieso nicht in die Augen sehen.

Obwohl ich ihn inzwischen gut kannte und wusste, wozu er fähig war, um seinen Willen durchzusetzen, hatte ich doch einiges Mitgefühl für ihn, besonders in diesem Moment.

Während ich zusah, wie er herumstolzierte und den Mund voll nahm, musste ich unwillkürlich daran denken, wie er von dem Schock, wenn er sie nicht mehr zu Hause vorfand, knieweich und stumm werden würde. So ist es, wenn man einem prahlerischen Preisboxer im Ring zusieht und zugleich in die Zukunft blicken kann und sieht, wie er zu Boden geht und nicht mehr hochkommt.

Ich hatte nicht gedacht, dass ich Nola Leary einmal eine Nacht mit Alex verdanken würde.

»Sie hat ein Zimmer in einem Motel für ihre Mutter reserviert«, sagte Alex. »Und jetzt kann die Frau Mama nicht kommen. Und ich kann nicht weitere drei Wochen darauf warten, dich zu sehen ... Deshalb habe ich ihr gesagt, wir würden es nehmen.«

»Du hast ihr sicher nicht gesagt, wir würden es nehmen.«

»Doch, das habe ich, mein Lieber. Sie hat nicht einmal mit der Wimper gezuckt. Sie hat nur gesagt, wir hätten Glück, denn sie hätte sich vergewissert, dass das Zimmer in der obersten Etage sei und aufs Meer ginge. Und dann hat sie noch gesagt, dass sie dich gerne kennen lernen würde. Sie hofft, du lässt dich mal blicken.«

»Ist ja Spitze, Alex!«

»Du kommst? Du kannst?«

»Ich komme! Ich kann!«

»Und verbringst den Sonntag mit mir?«

»Ja!«

»Und fliegst Sonntagabend zurück ... wenn wir nicht noch eine zweite Nacht herausschinden können. Dann hätten wir auch noch fast den ganzen Montag für uns.«

»Toll, Alex! Wir werden das mit Montag versuchen.«

»Ich kann es gar nicht erwarten! Du fehlst mir!«

»Du mir auch!«, sagte ich. »Ich kann es auch nicht mehr erwarten!«

Aber es war dasselbe Wochenende, an dem Nevada in Boston auftrat und Huguette zu Cog fahren wollte.

# Einunddreißig

Ich betrachtete es als unser letztes Date.

Ich hatte mir vorsorglich bei McCaffery das ganze Wochenende freigenommen, sodass ich Freitagabend Huguette nach Sag Harbor ausführen konnte. Ich hatte Karten für das Bay Street Theater gekauft.

»Heute hauen wir mal kräftig auf den Petz«, sagte sie.

»*Putz*«, unterbrach ich sie.

»... werfen uns in Schale und gehen hinterher schön essen. Ich lade dich ein.«

»Und ich dich«, sagte ich.

Ich hatte meinen blauen Blazer mit Goldknöpfen an, ein blaues T-Shirt und weiße Jeans, aber wer sah schon mich an? Die Leute drehten sich um, um ihr nachzusehen. Ich dachte, dass das möglicherweise das letzte Mal war, dass ich wegen meiner Begleitung bewundert wurde. Sie trug ein einfaches, eng anliegendes superkurzes silbernes Kleid, ärmellos, mit tiefem Rückenausschnitt, keinen Schmuck, silberne Schuhe mit megahohen Absätzen. Und Joop.

Die Show brachte lauter Songs von der traurigsten Sorte: Verlust und Abschied, nichts als unglückliche Liebe.

Ich dachte, die Songs würden sie entweder zum Weinen oder zum Weggehen bringen. Meine Augen waren manchmal feucht geworden. Aber sie war nicht der Typ, der sich so leicht einwickeln ließ. Sie war eine Kämpferin, sie wusste sich zu wehren. Mir war nicht klar, ob sie traurig war, wenn sie an Martin dachte. Ich wusste nicht, ob sie Skrupel hatte, mit Cog davonzurennen. Unsere Arme berührten sich, aber wahrscheinlich hatte nur ich das Gefühl, dass die Berührung über die Arme hinausging. Ich konnte mich nicht auf das Stück konzentrieren, nur auf die Songs. Die passten zu meinen eigenen traurigen Gedanken: dass ich im Begriff war sie zu verlieren, dass ich mir große Sorgen um sie machte und dass ich nichts tun konnte ... nichts? Wirklich nichts?

Aber ich hatte ihr etwas versprochen und mir geschworen, das Versprechen zu halten.

Nach der Vorstellung gingen wir in ein Restaurant am Kai mit Blick über die Bucht essen. Zwischen uns standen eine brennende Kerze und eine Vase mit Rosen. Es war ein warmer Abend und man hörte das Plätschern der Boote im Wasser. Manche waren noch draußen; wir sahen ihre glitzernden Lichter.

Sie sprach über die Rochans.

»Ich kann es nicht fassen, dass meine Mutter und mein Vater sich von Nevada manipulieren lassen. Aber so ist es! Er hat es geschafft. Sie haben weder das Geld für den Umzug noch für die Schule. Es würde mich nicht überraschen, wenn Nevada auch Martin gekauft hat!«

»Würde er Geld nehmen?«

»Ich weiß nicht. Seine Familie ist sehr arm, Lang. Einen großen Betrag? Vielleicht täte er es. Es wäre wahrscheinlich seine einzige Chance, um zu eigenem Land zu kommen.«

Dann wechselte sie das Thema.

Sie fragte mich, wie es auf dem Cape aussähe. Ich meinte, wahrscheinlich so ähnlich wie in Sag Harbour. Dann erzählte ich ihr den Inhalt von *Bus Stop* und dass Alex den Bo spielte. Auch über die schwierige Beziehung zwischen Nola Leary und Alex erzählte ich ihr.

Wir redeten und redeten, bis die Kerze runtergebrannt war und wir merkten, dass bereits eine Menschenschlange darauf wartete, dass ein Platz frei würde.

Dann fuhren wir im offenen Wagen zurück, über uns die Sterne und der Mond.

»Was für ein schöner Abend«, sagte sie in der Auffahrt,

»und warum soll er schon zu Ende sein. Komm noch ein bisschen mit rein. Ich spiel dir noch mal *Paint Over It* vor. Du hast es ja erst einmal gehört.«

In der Halle blinkte der Anrufbeantworter.

Ich ging in den Salon und ließ mich auf die nächste Couch fallen.

Aus der Halle ertönte Cog Wheelers Stimme.

»Huguette? Nevada ist hier. Wir verstecken ihn in einer Suite im *Copley Plaza Hotel.* Ich werde dort mit ihm zu Abend essen. Hör mal, Liebling, rechne nicht mit Sonntag. Ich kann mich hier nicht so schnell losmachen. Mir ist was dazwischengekommen, Liebling. Wo bist du heute Abend? Ich ruf dich morgen Vormittag an.«

Als Nächstes Nevadas barsche Stimme: »Du hast Recht, Huguette, wenn du sagst, du pfeifst auf die Männer. Cog hat eine neue Flamme. Er kennt sie erst seit gestern Abend und beim Abendessen waren sie mehr übereinander als nebeneinander. Sagt ihr Kids überhaupt noch ›Flamme‹ oder beweist das, wie alt ich bin? *Feu* heißt es, glaube ich, in Französisch. Diese Seite an ihm habe ich bisher nicht gekannt. Vielleicht benimmt er sich so, weil du ihn versetzt hast. Ich bin froh, dass du es getan hast. Morgen ist der große Tag. Ich werde an dich denken. Sei nicht böse. *Je t'aime.* Ich ruf dich nach der Show an, wenn es nicht zu spät ist.«

## Zweiunddreißig

Es war noch dunkel draußen, als ich aufwachte. Plato war aufs Bett gesprungen und zwischen uns unter die Decke gekrochen. Ich hatte noch meine Timex und mein T-Shirt an.

Wir hatten die Fenster geöffnet, um das Rauschen des Meeres zu hören, bevor ich mich neben sie gelegt hatte. »Nur ganz kurz«, hatte sie gesagt, »nur ein bisschen festhalten.«

Ich hatte meine Schuhe abgestreift, weil die Überdecke aus Seide war. Auf dem Nachttisch brannte noch die Lampe. Da lag auch meine offene Brieftasche und daneben die leere Hülle eines Kondoms.

Das einzige andere Licht in dem Raum kam von unterhalb des riesigen Ölbildes an der Wand gegenüber. Nevada und Cali. Obwohl sie im Stil der Siebziger gekleidet waren – Nevada in einem bunt karierten Hemd, Jeans und Converse-Turnschuhen, Cali barfuß in einem langen, geblümten Kleid mit offenen, über die Schulter fallenden Haaren – wirkte das Porträt durch die Frontalstellung der beiden steif und förmlich. Er hatte ihr einen Arm um die Schulter gelegt, in der anderen Hand hielt er eine weiße Rose. Sie trug keinen Schmuck und hatte die Hände unter der Taille locker gefaltet. Nevada sah feierlich und stolz aus und sie auch, wenn man von dem dünnen roten Rinnsal absah, das aus einem Nasenloch kam.

Aber da war es, ohne dass es erklärt wurde. Und da war ich, und was mir passiert war, war auch seltsam und geheimnisvoll und nicht zu erklären.

Wie ich dalag, erinnerte ich mich, wie sanft wir gewesen

waren, ohne jede Eile und so ruhig, als schwebten wir durch einen angenehmen Traum, der nur friedliche Gefühle zuließ.

Ich musste lächeln. Ich hatte etwas getan, was ich nie für möglich gehalten hatte. Ich hatte immer geglaubt, ich könnte es nicht.

Da hörte ich plötzlich eine zornige Stimme:

»Plato, geh weg!« Sie versuchte die Decke mit Fußtritten wegzuschieben. »Du auch!«, sagte sie und setzte sich auf.

»Was ist los?«

»Was los ist?« Sie stand auf, griff nach der seidenen Überdecke und warf sie sich wie eine Toga um. »Was, glaubst du, ist los?«

»Ich weiß nicht.« Ich setzte mich auf.

»Du bist ja überhaupt nicht schwul! Wieso sagst du das eigentlich?« Ihre Augen funkelten vor Zorn. »Du bist ein Lamm im Wolfspelz!«

»Wenn schon, dann ein *Schaf«,* murmelte ich. »Ich bin nicht mehr so klein.«

»Geh nach Hause, Lang.«

»Es ist mitten in der Nacht. Du hast gesagt, du willst nicht allein sein.«

»Jetzt will ich es!«

Ich suchte nach meinen Sachen.

»Ich hab dich gebeten, mich ein bisschen festzuhalten!«

»Hab ich getan.«

»Du hast mehr getan.«

»Du auch. Es hat uns beide erwischt.«

»Warum hast du nicht aufgehört?«

»Du hast mich nicht gelassen, das weißt du selbst.«

Ich kroch auf allen vieren durch das Zimmer, um meine Socken zu finden, und fand nur einen. »Ich habe dich nicht gezwungen«, murmelte ich.

»Nein, das war wohl nicht nötig, hm?« Ihre Augen hätten mich am liebsten durchbohrt. »Der andere ist unter dem Stuhl!«

Ich stopfte die Socken in meine Hosentaschen.

Sokrates schlief neben dem Bett auf dem Boden. Unter ihm lag mein Blazer.

Plato war wieder aufs Bett gesprungen. Er saß auf dem Kopfkissen, die bandagierte Pfote weit von sich gestreckt.

»Diese Sache ist nicht passiert«, sagte sie.

Ich fuhr mit den Füßen in meine Sandalen. »Warum bist du so böse, wenn nichts passiert ist?«

Sie zog die Überdecke enger zusammen und starrte mich böse an.

»Du bist so wie alle! Ich dachte, du bist anders.«

»Habe ich auch gedacht.« Ich zog meinen Blazer mit einem Ruck unter Sokrates hervor. Unter dem Bett sah ich Aristoteles' Augen glänzen.

»Ich werde dir nie wieder etwas glauben!«, sagte sie.

»Ich habe nicht angefangen. Du hast angefangen.«

»Ich?«, rief sie, »ich war ein Wrack!«

»Schönes Wrack!«, murmelte ich. »Was hast du dir dabei gedacht? Wie, glaubst du, war mir zu Mute? Ich ...«

Sie unterbrach mich: »Bloß kein Süßholzgeraspel jetzt. Das kannst du dir für Alex aufheben!«

Ich zog den Blazer an.

»Schade, dass du es so siehst«, sagte ich. »Ich seh es nicht so.«

»Ach, du siehst es nicht so? Natürlich nicht. Und damit, glaubst du, bist du aus dem Schuster!«

Diesmal war mir nicht danach, sie zu korrigieren, aber sie kam schon mit der nächsten Sprachschöpfung:

»Und dabei kommst du dir auch noch besonders geritzt vor, was?«

»*Gerissen*«, sagte ich. »Und das ist das Letzte, was ich bin!« Ich ging hinaus in die Halle. Plato humpelte bis zur Treppe hinter mir her.

Sie kam ans Geländer, um mir nachzurufen: »Willst du wissen, was du vor allem bist, Lang? Ein Lügner bist du!«

Ich ging durch den großen Salon mit den fünf Sofas, zehn Stühlen, sechs Bänken und vier baumhohen Topfpflanzen.

Von der Wand sah Nevada finster auf mich herab.

Vor dem Haus blieb ich auf der obersten Stufe stehen und klaubte die Hundehaare von meinem Blazer. Dabei schaute ich auf die Leuchtzeiger meiner Timex. Es war vier Uhr früh.

Als ich im Nebel den Zickzackweg hinunterging, musste ich an *Aeroplane,* den alten Song der *Red Hot Chili Peppers,* denken. Und an Anthony Kiedis' Song über die Freude, in der die Stacheln des Schmerzes stecken. Mehrere Male stolperte ich und fiel hin. Ich musste mir Mühe geben, nicht loszuheulen, und ihre Worte dröhnten in meinen Ohren.

Als ich zu unserem Haus kam, sah ich, dass meine Mutter für mich das Licht angelassen hatte.

# Dreiunddreißig

Ich flog in einer dieser kleinen Maschinen zum Cape, die nicht sehr hoch steigen. Durchs Fenster sah ich, wie Long Island unter mir verschwand und wünschte, ich könnte auch die Erinnerung an meinen nächtlichen Abstieg von Roundelay, als ich wie ein auf frischer Tat ertappter Dieb vor ihrer zornigen Stimme davongelaufen war, so loswerden.

Ich konnte Huguette nicht verzeihen, dass sie mir die ganze Schuld zuschob und nicht zugeben wollte, dass sie angefangen hatte. Sie hatte nicht einmal versucht mich zu stoppen. Zugleich aber mischte sich in meine Verbitterung ungläubiges Staunen. Ich wusste, dass ich wahrscheinlich nie wieder auf diese Weise Liebe machen würde. Ich sah uns in dem vom Mond erleuchteten Zimmer, beide plötzlich überrascht von unseren eigenen Körpern.

Ich musste an Träume denken, in denen ich fliegen konnte, wenn ich nur meine Arme bewegte. Wie erstaunt und dankbar ich war, dass es so leicht ging.

Wenn sie nur das, was passiert war, ohne Vorwürfe und Anklagen akzeptiert hätte. Wenn sie nur einmal darauf verzichtet hätte, ihr Revier zu verteidigen … Aber dann wäre sie nicht Huguette gewesen. Und ich hätte mir überlegen müssen, wie es mit uns weitergehen sollte.

Sie hatte gewusst, dass es kein Danach gab.

•••

Alex erwartete mich, als ich auf dem kleinen Flughafen ankam. Er lief auf mich zu, lachend und winkend, und umarmte mich stürmisch.

»Ich freue mich so«, sagte er.

»Ich mich auch!«

Ich hatte mich noch nie so auf jemanden gefreut.

Auf etwas konnte ich mich bei Alex verlassen, wenn wir uns eine Zeit lang nicht gesehen hatten: Wir würden sofort wieder den leichten Ton finden, den wir so mochten.

Ich lernte Nola Leary und andere vom Emsemble kennen und ich bewunderte Alex in seiner Rolle als Bo.

Es war ihm gelungen, das Zimmer bis Montag zu bekommen.

Erst als ich wieder im Flugzeug saß und zu den Hamptons zurückflog, sah ich alles in einem anderen Licht. Durch das Zusammensein mit Alex war ich in meiner Vermutung bestärkt worden: Ich hatte keine geheimnisvolle Wandlung durchgemacht. Was mir passiert war, konnte mir nur mit Huguette passieren, konnte nur so geschehen, wie es geschehen war. Wir waren füreinander die »Ersten«, ohne es beabsichtigt zu haben. Der große Unterschied war, dass ich Alex hatte und sie niemanden.

Ich war nicht mehr böse auf sie, dass sie mich beschimpft hatte. Ich war böse auf mich, dass ich so verwirrt gewesen war. Ich hatte das dringende Bedürfnis, sie zu sehen, den Aurora zu nehmen und mit ihr irgendwohin zu fahren um zu reden. Wir hatten immer gut miteinander reden können. Bisher hatte immer sie das Thema bestimmt. Jetzt würde ich das tun. Endlich würde ich ihr alles sagen können, was ich gefühlt hatte, ohne sie zu bedrängen. Mir fiel auf, welche Zeit ich gewählt hatte: Was ich *gefühlt hatte.*

Ich musste lachen, wenn ich mir ihr verschmitztes Gesicht vorstellte: *Aha, man hat gefühlt, man fühlt nicht mehr. Soso. Erst die Mädels verführen, dann sie verlassen* ... Irgendwas in der Art. Aber sie würde dabei ihr breites Lächeln aufsetzen, nicht? Sie würde irgendwie erleichtert sein »aus dem Schuster« zu sein.

Ich fuhr mit dem Taxi nach Hause, warf die Tasche auf einen Stuhl und griff zum Telefonhörer.

»Willst du Huguette anrufen?«, fragte meine Mutter.

»Ja. Ist sie ausgegangen?«

Meine Mutter nickte und ich legte den Hörer auf.

»Sie ist mit Mrs Rochan in New York«, sagte meine Mutter.

»Für wie lange?«

»Sie ist weg, Lang.«

»Hast du die Nummer?« Ich stand noch immer vor dem Tisch mit dem Telefon, als hätte ich nicht die Betonung auf *weg* gehört.

Meine Mutter schüttelte den Kopf. »Sie hat mir aufgetragen dir zu sagen, du solltest deinen Schlüsselanhänger lesen. Ich glaube, sie hat da was verwechselt.«

»Diesmal nicht«, sagte ich. »War das alles?«

»Sie hat nur gesagt: ›Sagen Sie ihm, er soll seinen Schlüsselanhänger lesen, und sagen Sie ihm, dass ich ihm Auf Wiedersehen sage.‹«

Meine Mutter bohrte nie nach, wenn sie merkte, dass mir etwas Schlimmes widerfahren war. So viele dumme Fragen sie sonst nach allem Möglichen stellte, wenn es ein ernsteres persönliches Problem gab, ließ sie es mich alleine lösen.

Ich unternahm viele Spaziergänge frühmorgens und spät in der Nacht am Strand. Ich sah die Sonne aufgehen und ihre ersten Strahlen auf Roundelay werfen oder den Regen niederprasseln oder die Lichter angehen. Manchmal, wenn mir im Morgendunst oder in der Dunkelheit der Nacht eine Gestalt entgegenkam, schlug mir das Herz bis zum Hals und ich hoffte, sie wäre zurückgekommen.

Bis zum Ende des Sommers konnte ich nicht glauben, dass sie endgültig weg war.

Aber sie ist nie nach Roundelay zurückgekehrt.

# Vierunddreißig

Ich ging nicht mehr hinauf, seit sie nicht mehr da war. Ich fuhr auch nicht mehr mit dem Aurora oder machte sonst etwas, was wir zusammen getan hatten.

Ich erzählte auch nichts davon Alex. Er hätte nur gefragt, was sie mir bedeutete, und ich wollte es weder erklären noch analysieren oder benennen. Selbst wenn ich es gewollt hätte, ich hätte es, glaube ich, nicht gekonnt.

Manchmal, aber nicht sehr oft, unterhielt ich mich mit Nevada. Meistens ging es um etwas, das ich nicht so gemacht hatte, wie er es sich vorgestellt hatte. Ein paar Mal ließ er eine Bemerkung über Huguette fallen. Die Rochans hatten eine Wohnung in der East 53rd Street gefunden. Und Huguette war in der Bentley Academy in Pennsylvania eingeschrieben worden.

An dem Tag, an dem wir auszogen, kam Nevada zu Fuß herunter und brachte uns das Video von seinem Auftritt mit den *Failures* in Boston mit.

Ich hatte schon eine Kritik in der *New York Post* gelesen. *The Failures* seien vor Ehrfurcht vor der Rock-Ikone in die Knie gegangen und Cog Wheeler hätte es fast die Stimme verschlagen, sodass er beinahe vergessen hätte, seinen neuen Song *You Get Nothing* vorzustellen.

»Huguette meinte«, sagte Nevada, »du würdest dich über das Souvenir freuen.« Damit überreichte er mir das Video. »Ich glaube, du bist für sie die einzige erfreuliche Erinnerung an diesen Sommer.«

»Hat sie das gesagt?«, fragte ich ihn.

»Das musste sie nicht sagen. Du bist der Einzige, nach dem sie sich erkundigt.«

»Was genau will sie wissen?«, fragte ich ihn.

»Penner, sie will nichts Bestimmtes wissen! Wenn jemand nebenbei fragt, wie es jemandem geht, dann will er nicht wissen, was derjenige zu Abend gegessen hat oder welche Farbe seine Socken hatten!«

Ich wusste, dass er zu den Typen gehörte, die bellen und nicht beißen, aber meine Mutter machte er auf diese Weise immer noch nervös. Sie brachte das Thema schnell wieder auf ihn und fragte ihn, wann er den nächsten Auftritt plane.

Er schüttelte energisch den Kopf. »Nie wieder!«, knurrte er. »Es war aber kein Fehler. Denn wenn ich es nicht getan hätte, würde ich nicht wissen, dass ich es nie wieder tun werde. Irgendjemand hat geschrieben, erst durch die Rückkehr weiß man den Abschied zu schätzen.«

Ich konnte nicht anders, ich musste meinen Senf dazugeben. »Für Cog Wheeler war es jedenfalls eine Bombenwerbung.«

»Sei nicht ungerecht: Ich bin drauf reingefallen«, sagte Nevada. »Das hat er allerdings bezweckt. Aber Huguette hat ihn durchschaut, was? Sie hat ihn fallen gelassen wie eine heiße Kartoffel. Sie hat aus der Sache mit Le Vec gelernt!«

Huguette hatte ihm also nie gesagt, dass es umgekehrt gewesen war, dass Cog *sie* sitzen gelassen hatte.

Und was, wenn er es nicht getan hätte?

Dann wären Huguette und ich uns wahrscheinlich nie so nahe gekommen.

Am Abend führte Franklin meine Mutter zu einem Abschiedsabendessen aus und ich sah mir das Video an.

Am Schluss der Veranstaltung sang Cog seinen neuen Song.

*You shouldn't go back if you forgot something*
*You shouldn't look back if you got nothing.*
*Lot's wife didn't have a name*
*Must be she didn't have a game,*
*When she looked back she got nothing*
*If you look back there'll be something*
*You've got a name (You get)*
*You've got a game (You get)*
*You've got a refrain (You get)*
*»You get nothing«*
*You'll say it again*
*And again*
*»You get nothing.«*

Manchmal hörte ich den Song morgens im Radio, wenn ich mich für die Schule fertig machte. Er kam nie in die Charts.

Eines Nachmittags, als Alex und ich in *Venus Records* waren, um das neue *Seal*-Album zu kaufen, brachte ich ihn dazu, sich den Song anzuhören. Ich erzählte ihm, dass er von Huguette inspiriert war.

»You get nothing ... Ich erinnere mich, dass sie das zu mir gesagt hat«, meinte er.

»Ja, an dem Abend in Roundelay.«

»Sie hat nur einen Witz gemacht. Bei Cog Wheeler wird sie zu einem berechnenden Wesen, aber das war sie nicht, oder?«

»Nein. Wenn jemand berechnend war, dann er.«

»Du hast sie am Ende sehr gern gehabt, nicht?«

»Ja, ich habe sie am Ende sehr gern gehabt.«

Im Herbst fragte mich Nick einmal, was mit mir los sei. Er erzählte, Brittany hätte mich am Strand gesehen mit der Französin – und wenn das schwul gewesen sei, dann wüsste sie nicht, was hetero sei.

»Ich habe dich auch mit ihr gesehen, damals an deinem Geburtstag«, sagte er.

»Du solltest mich mal mit Alex sehen«, sagte ich.

»Muss ich das?« Er lachte.

Eine Zeit lang kam Franklin noch meine Mutter besuchen, wenn er in New York war. Sie sagte, es wäre ihr nicht gelungen, die Eisschicht zu schmelzen, die ihn umgab. Es wäre ihr vorgekommen, als hätte sie ein Verhältnis mit Mr Spock, dem freundlichen, aber gefühllosen Vulkanier aus *Star Trek*.

Das Letzte, was wir von Nevada hörten, war, dass er wieder in alter Zurückgezogenheit lebte. Franklin erzählte, in Roundelay hätte sich wieder alles normalisiert. Calis Schwester, Mrs Rochan, sei einmal zu Besuch gekommen, aber Huguette sei bei Mr Rochan in New York geblieben.

Am Nachmittag nach der Schule und am Wochenende arbeitete ich als Kellner in einem kleinen Sandwich-Lokal an der oberen Fifth Avenue. Es war ein beliebter Treffpunkt für größere Teenies. Sie kamen mit Einkaufstaschen von *Saks* und *Bloomingdale's* und bestellten Cappuccinos mit Reismilch. Ich wusste, dass Huguette in Pennsylvania war, aber vielleicht kam sie an manchen Wochenenden nach Hause. Was, wenn sie eines Tages in dem Lokal auftauchte? Was würden wir sagen? Was würde ich empfinden, wenn ich sie plötzlich vor mir sähe?

Der Winter kam früh in diesem Jahr und brachte schon zu Thanksgiving Schnee.

Alex informierte sich bereits über die Angebote bei den verschiedenen Sommertheatern. Wo immer ich sein würde, ich brauchte einen Fulltime-Job, weil es mein letzter Sommer vor dem College war.

Meine Mutter überlegte, ob sie im Juni bei einem Catering-Service mitarbeiten sollte, der einer Bekannten oben am Hudson in Piermont im Staat New York gehörte.

Eines Abends zeigte sie mir die Fotos von dem Haus, das sie mieten würde, mit Aussicht auf die Tappan-Zee-Brücke.

»Oje, das ist ja in der Nähe von Alex' Eltern«, stöhnte ich.

»Ach, die haben sich doch jetzt an euch beide gewöhnt.«

»Aber ich mich nicht an sie.«

Aber das stimmte nicht ganz. Alex und ich konnten mittlerweile mit den spitzen Bemerkungen seiner Familie wesentlich besser umgehen.

»Rockland County ist nicht mit den Hamptons zu vergleichen«, sagte meine Mutter, »aber die Hamptons kenne ich schon.«

Ich hatte immer noch den Schlüsselanhänger in meiner Hosentasche, mit dem eingravierten Spruch *Paint Over It.* Und ich konnte mich noch immer an eine Zeile aus dem Song erinnern: *Pick a darker Color, too. So nothing of the old comes through.*

Ich erzählte meiner Mutter nichts über meine Gefühle, was den letzten Sommer anging. Aber ich würde ihn niemals vergessen.

Es würde für mich immer der Sommer bleiben, in dem ich ein Mädchen geliebt hatte.